Kadokawa Fantastic Novels
5
orewo
sukinanoha
omaedake
kayo
喜歡本大爺的竟然就妳一個？
作者
駱駝
illustration
ブリキ
U0024555

【我認識那小子之前】

——大賀太陽　高中二年級　七月。

「太陽，加油喔！」

「我們會去幫你加油的，太陽！好好表現！」

「老哥……你可別輸啊！」

比賽當天，全家人一起在玄關門口目送我出門。這是我家不知不覺間形成的習慣。

所以我用力綁緊鞋帶，不讓家人傳達給我的心意溢出來。

如果一路去到球場，鞋帶都沒鬆開，今天的比賽就會…………不，還是算了。

我不適合許願。我的願望要靠自己的力量實現。

想是這麼想，心中卻忍不住祈求：「上天啊，請讓我贏球。」讓我很受不了像這樣三兩下就變得懦弱的自己。

實在是……我這個人，真的很沒出息。

「嗯！……我出門了！」

我應聲掩飾自己的懦弱，走出玄關。

我走了一小段路，老舊紅綠燈的紅燈亮起，只好停下腳步。

「嘖……」

只因為這種小事就不耐煩……看來我變得相當神經質啊。

這個早晨和平常一樣，自己卻和平常不一樣。會是因為今天是個特別的日子嗎？

終於來到的……第二個夏天。終於打進的……高中棒球地區大賽決賽。

對手和去年一樣，是唐菖蒲高中。

我被這種由不安與期待混合而成的莫名情緒牽著走，這點也和去年一樣。

這種情緒是叫什麼呢？語言這種東西實在很不方便。

腦子裡明明已經整理好，卻多半都找不到合適的話來描述。

應該還有事情可以做……我真的贏得了嗎……？

為了幫散亂的情緒賦予指標而選擇後悔與先憂後樂，大概是因為我這個人常常失敗。之所以不許願，也是因為自己的願望從來不曾實現過。

我的願望總是會被「那小子」搶走。

紅綠燈的綠燈亮起的同時，我讓腳步與思緒一起前進。

……對不起啊，我很清楚大家對我根本沒興趣。

大家想知道的，有興趣的，應該是「他」吧？

可是啊，我這個人雖然沒出息又脆弱，但就是厚臉皮，所以就是會這樣想。

……想說希望大家多在意我一點。

所以，只要一下子就好……真的只要一下子就好……

還請大家聽聽……我的故事……

☀

——大賀太陽　國小四年級　十一月。

我——大賀太陽，從懂事起就過著除了棒球還是棒球的日子。

起因是家裡錄下來的棒球比賽錄影帶。

一九九六年九月十七日，落磯隊對上道奇隊……是野茂英雄在大聯盟第一次達成無安打無上壘比賽。

五歲時的我和父母一起看完這捲錄影帶之後，立刻說了這麼一句話：

「爸爸……我，想打棒球……不、不行嗎？」

坦白說，當時的我是個非常內向的少年，極少做出自我主張。

如此內向的我還是第一次像這樣請求父母，所以父母也立刻答應了。而且幸運的是，老爸也很迷棒球。

於是我就在上小學的同時，加入了附近的一個小小的棒球聯盟。

也不知是幸還是不幸，我參加的球隊總教練是個非常嚴格的人，一有人失誤，就會被他罵得狗血淋頭。所以，他在球隊上的綽號叫作「烏雲老爹」。

大家都很怕他，說別惹烏雲老爹，小心會打雷。

所以光是為了不被罵，就讓我拚命練習。

雖然是出於這種消極的理由，但練習並未白費，我的棒球水準迅速提升，烏雲老爹也很中意我。我還只是國小四年級生，就得到了「王牌投手第四棒」的稱號。

連小學生也知道這個稱號意味著全隊第一。

……只是，我有很大的問題。

那就是內向的個性所導致的溝通能力太差的問題。

「棒球是團隊運動，個人的能力雖然重要，但只靠個人根本贏不了球。」

這是烏雲老爹苦口婆心一再告誡我們的話。

為了贏得比賽，和大家一起有默契地防守就不用說了，無論多想打支全壘打，為了贏得勝利，有些時候就是得壓下自己的意思，做出短打才行。

不是想都不用想，愛怎麼打就怎麼打的運動，而是也得用頭腦的運動。這就是棒球。

我卻遲遲無法和隊友們打成一片，常常孤身一人。

能好好講上幾句話的對象大概也就只有捕手芝了。

我總算還能和這個最信賴的搭檔好好說話，但只有這樣是不行的。

所以我也在想辦法，決定既然用說的沒用，就用行動來傳達自己的意思。

練習時一有人失誤，我就會立刻去幫忙，練習後的收拾工作我也加倍努力。

我是很辛苦沒錯，但大家練球都一樣辛苦。既然如此，少讓烏雲老爹罵人，我也比較不用費心，所以這點努力是該做的。

結果啊，這就讓大家對我說了「謝謝」。

我真的好高興……我以為自己的心意已經確實讓大家了解了。

可是啊……那個時候的我根本不懂。

不懂人是一種可以若無其事地說謊的生物……

有一天，發生了一件怪事。

我的包包上掛了一個我很中意的鑰匙圈，卻在不知不覺間不見了。

這個鑰匙圈是我硬求老媽買給我的，上面是身穿道奇隊背號16號球衣的野茂英雄。

我慌張的程度遠非平常所能想像，拚了命在找。

還難看地趴到地上，在放包包的地方、草叢、運動場上四處找。不巧的是這天下著小雨，不但視野惡劣，球衣也沾滿了泥巴。

這是我第一次因為練習以外的事弄髒球衣。

芝也一起幫我找，但到頭來哪兒都找不到。

要說當時我有多沒出息、多天真，可真的有夠好笑。

還說：「怎麼辦？會被媽媽罵啦。」明明是自己的寶貝不見了卻不生氣，也不難過……而是在害怕。

後來我回到家，戰戰兢兢地對父母說：「我的鑰匙圈弄丟了……對不起。」結果並未被罵，他們還安慰我，讓我鬆了一口氣。這件事在我心中就這麼宣告解決。

……我就說吧？很沒出息，很天真吧？

然而，這件事只是在我心中得到解決，本質上並未獲得任何解決。

這件事過後，陸續又發生了好幾起小小的事情。

首先是練習的時候。隊友回我的球變得格外犀利，很不好接。練習打擊的時候，餵來的球也變得只差一點就會變成觸身球。

這些情形每次都讓烏雲老爹震怒，但隊友們仍不反省。

他們一副彷彿正義是在他們那一邊的態度，生著悶氣。

再來是我的棒球用具。無論球棒、釘鞋還是球衣，都髒得不像是練習造成的，惡作劇行為變得十分明顯。

誇張點的日子，我的寶貝球棒上甚至被寫了「別打棒球了」。

被整到這個地步，我的想法卻仍然天真。

我還覺得：「大家好嚴格喔。是怎麼了呢？該不會是上次練習時，我去幫忙補位失敗？……應該不會吧！一定是湊巧啦！」也不找烏雲老爹和父母商量。

只是，即使我如此天真，終有一天還是會知道。

知道為什麼這樣的待遇會落到自己身上……

事情發生在某天，我練完球後肚子不舒服，進了廁所隔間時。

幾個隊友走進廁所，當場聊了起來。

根本沒發現我在……

「欸，下次要搞什麼？大賀根本沒發現。」

「也對。那小子讓人火大，下次就……」

即使我再怎麼遲鈍，這個時候還是一聽就懂了。

懂了所有隊友都拒絕我。

只是，大概是以前養成的習慣改不掉，我感受到的不是憤怒也不是震驚，而是恐懼。

「怎麼辦！我不想被大家討厭！」我怕得全身發抖。

「啊，對了！我明天帶剪刀來，就把大賀的手套剪壞吧！」

「好耶！這樣他就會接球失敗，被烏雲老爹臭罵啦！」

「大賀是王牌投手第四棒，辛苦點也是當然的嘛！」

厲害吧？這幾個傢伙，就像在聊電玩一樣，討論要怎麼惡整我耶。

這讓我深深體認到要毀掉一個人，根本不需要用到暴力。當時我整個腦子被攪得方寸大亂，只覺得：「既然你們這麼討厭我，乾脆揍我，讓我知道啊！」

為什麼我就得淪落到這種下場……？

「老是只對大賀偏心，太詐了啦！他也應該被罵一罵才對！」

「那小子可狡猾了，收拾起來有夠拚命，只顧自己一個人在烏雲老爹面前幫自己加分！他絕對是故意做給我們好看的！」

「還有，我們一失誤，他就馬上補位來推銷自己！有夠卑鄙！」

……不對……不是這樣。我根本不是這個意思……

我就只是，為了大家好……我只是想讓大家知道……大家對我很重要……大家不是對我說了「謝謝」嗎？虧我還相信是大家了解了我的心意……

……這樣，太過分了啦……

心中點起的不安燈火化為地獄的劫火，燒盡了我的心。

但我還是挺住了。因為我還剩下可以依靠的支柱。

我唯一可以信任的最棒的搭檔……

「對了！剪壞手套這點子也是不錯，不過剪壞以後先藏起來吧！就像之前芝把他的鑰匙圈藏起來那次！那次可棒呆了！他還特地假裝和大賀一起找咧！」

……咦？他、他剛剛，說了什麼？……芝？他是說芝嗎？

不可能吧……？竟然說芝參與了惡整我的行列……這不是真的吧？

「我就說吧？大賀那小子很相信我，所以有夠好玩的。一個王牌投手第四棒對我低頭哈腰的。」

……我聽見了。我就是聽見了……

錯不了，是芝。芝說話的聲音傳進了我耳裡……

我說啊，芝，這是為什麼……？我們不是一直組成投捕搭檔嗎？

虧我把你當成全隊最信任的人……為什麼……

「啊～～……可是，要是搞得太過火，讓大賀退出球隊，我們就會比較難贏球，所以還是別搞得太過火比較好吧。我也不想贏不了球。」

「安啦！就算大賀退出，我們隊上也還有芝在啊！」

「沒錯沒錯！只要由芝來當王牌投手第四棒就好啦！你不是常說你想當投手嗎！每次練習你都會幫我們，收拾工作也做得很確實！不是嗎，芝！」

「是、是嗎？那麼，真的到了那個時候，我應該會努力吧！嘿嘿嘿……」

我的心臟以離譜的速度跳動，呼吸也變得急促。

情急之下，我用雙手摀住嘴巴，按捺住差點發出的嗚咽。

要是被他們知道我在這裡，我在這個球隊就會待不下去，就會沒辦法打棒球。

……唯有這點，我萬萬不能忍受。

所以，我忍了下來。

即使我相信的這幾個隊友接連提出各種惡整我的方法，有多少聽進了我的耳朵，也不管眼睛溢出的淚水把摀住嘴的手弄得多濕。

這段實際上大概只有五分鐘左右，對我來說卻有如無盡地獄般的時間終於結束，隊友們離開了。

然後，我又等了一會兒才離開廁所……

回家路上，我獨自走著，拚命思索。

我努力不惹人生氣，討人誇獎，當上了王牌投手第四號。

為了幫助隊友，無論收拾工作還是補位，我都比任何人還要拚命。

但是這一切……全都以扭曲過的形式傳達給大家……

我現在很清楚了……

言語和行動這種東西產生的印象要怎麼變都行，全看接受的一方如何看待這個人。

無論收拾工作還是練習，我和芝之間都有著天壤之別。

我到底該怎麼辦才好？我不想被大家討厭，不想變得孤伶伶的。

要放棄棒球嗎……我不要。我不想放棄棒球，不能再打棒球實在太難受。

要找人商量嗎……不行。一旦做出這種事，大家就會更討厭我。

國小時就學到了跟大人告狀的人會被討厭。

我要怎麼做才能繼續打棒球，又不被大家討厭？

「這是……」

就在這個時候，我揹在肩上的棒球包忽然映入眼簾。

老媽為了不讓其他小孩拿錯，在我的書包上寫了名字。

上面寫著「大賀太陽」這幾個字。

我的名字。從出生到死亡都會一直延續的我的名字。

……對了，我就來當「太陽」吧。隨時隨地，無論什麼時候，都要開朗地笑。

我要當個強悍、開朗又熱情的男人，讓大家都依靠我，覺得沒有我不行。

這樣一來，我就不會被討厭，就可以繼續打我最愛的棒球。

可是，憑現在的我，很難。憑陰沉又文靜的我，無法讓大家相信。

那麼，簡單。

只要創造出能辦到的另一個自己就好了……

「大家聽我說！以後請大家叫我『小桑』！被人叫姓氏，我總是不太舒服！好了，今天『我們大家也一起』加油吧！」

下一個練習的日子，我掩飾恨意與「恐懼」，朝隊友們露出虛假的笑容。

我不需要被大家討厭的陰沉「大賀」。
需要的是不被大家討厭的開朗的「小桑」。
這就是我得出的結論。

…………我的計謀奏效，「小桑」成功地讓大家接受了。
要得到信任，需要的不是一廂情願的言語與行動，重要的是「分享」。
分享並互相了解彼此的辛苦，哪怕自己並不信任對方。
練習中一旦有誰失誤，我就搶在烏雲老爹大發雷霆前先給出建議，保護了大家。收拾工作我也不再一個人做，而是找大家一起做。
其實烏雲老爹告誡過我們，不可以帶和練習無關的東西來，但大家偷偷帶進來的漫畫，我也照樣借來看了。
然後我自己也為了大家偷偷帶漫畫來，借給大家看。
我就像這樣盡可能待在別人身邊，「分享」他們的心情，漸漸縮短和大家之間的距離。
而這個計畫非常成功，惡整的情形遽減，過了半年後，幾乎已經不再發生。
當然，並不是一切都那麼順利。
只有芝始終以帶著幾分懷疑的眼神看著「小桑」。
但這種事情我根本不去在意。

因為「小桑」是個不管什麼時候都要開朗歡笑，平等照亮大家的太陽……

☀

——大賀太陽　國中一年級　四月。

過了一陣子，我上了國中。

國小的時候，在棒球隊一起打球的那些人當中，也有幾個人跟我念同一間國中。

所以我打算在這間學校也繼續扮演「小桑」，當個開朗、愛笑、風趣的傢伙。

因為這樣一來，肯定就不會被任何人討厭。即使被討厭，也不會受傷。

球衣被弄髒我還能忍耐，但若是制服就有點討厭了……

這制服還是乾乾淨淨的全新貨色，會不想弄髒也是當然的吧。

「欸，可以借點時間嗎？」

「……呃、呃…………是什麼事呢？……我做了什麼惹人不高興的事嗎？」

當我對來自身後的這句話做出回答時，心想：「糟了！」

由於我在想事情，藏起來的另一個自己不由得跑了出來。

現在我說話的聲音不是開朗熱血又強悍的「小桑」，是陰沉冰冷又懦弱的「大賀」。

我內心暗自提防，心想要是被發現就糟了。但找我說話的男生似乎並未特別在意。

「沒有，你什麼錯都沒有啊。我是要問，你已經想好要參加哪個社團了嗎？」

「嗯……咳……噢！我從國小就在打棒球！所以，我打算進棒球校隊，將來要當上職業球員，在大聯盟大顯身手！」

我立刻切換成「小桑」，活力充沛地笑著回答。這種例行工作我已經習慣了。

「是喔～～好厲害啊！我根本都沒在運動——」

「嘿呀！欸欸，你們在聊什麼？讓我也參一腳！」

突然有一名少女出現，在和我說話的男生背上用力拍了一記。

這女生好猛啊……不過，相信他們一定認識吧。

「痛死啦，葵花！妳沒頭沒腦搞什麼鬼……糟糕！」

「唔？怎麼了～～？」

「沒、沒有，沒事啦……咳……什麼事都沒有呀！真是的，葵花，不要突然用力拍我的背好不好？」

不會吧……剛剛他這是……

「啊、啊哈哈哈！對、對不起喔！讓你見笑了……」

「哪、哪裡！我沒放在心上，不要緊！」

他似乎以為我吃驚是因為他和少女之間劇烈的身體接觸，但他錯了。

讓我吃驚的是他的變化。

我是為了他一瞬間口氣變得粗野，緊接著又變回原樣而吃驚。

……錯不了。這小子跟我一樣，是個「藏起自己真正個性」的人！

「哈……哈哈哈！你們兩個好有趣啊！」

這個時候，我的心情是多麼昂揚，沒有一丁點排斥的感覺。

我純粹覺得開心。

「呃，怎麼了？」

「我有趣？太好了～～！」

看到我突然笑出來，男生顯得不解，少女則笑了。

我看著他們兩個，想到了一個念頭。

要跟他好好相處！他和你一樣，是個想著不要被大家討厭的傢伙——我心中的「大賀」與「小桑」同樣喊著這句話。

「我說你啊，要是還沒決定要參加哪個社團，就一起來打棒球吧！這種時候就只有一個選擇，跟我一起追逐熱血的男兒夢！」

「嗯～～我雖然不是運動白痴，但也不算拿手……我考慮考慮。」

糟糕，是我忍不住太急躁了嗎？他的表情變得有點受不了。

可是，這種時候我怎麼能被他討厭！他可是我好不容易才找到的同志啊！

「這樣啊！那等你想打了，隨時跟我說！我會給你完美的協助！」

「啊哈哈，你不也還沒加入棒球校隊嗎？不過，謝謝你。啊……對了，我都還沒自我介紹呢。」

太好了，他笑了。真的是太好了……

我用全新的制服把手上的汗用力擦掉後，朝他伸出手。

「我的名字叫大賀太陽！叫我小桑！」

「我的名字叫如月雨露，叫我花灑的話我會很高興。」

這就是我和花灑的相遇。

我就這麼遇見了這個座號差我一號，跟我一樣的人。

我們的開球

第一章

「我輸了，花灑……我輸得徹徹底底。」

「嗯，水管……你也挺行的，但還太嫩了……是我大獲全勝。」

熱風與沙塵飛揚的荒野。往東下沉的太陽，宣告我們的這場對決已經結束。

這場對決設定的條件是，我與水管當中輸的一方再也不准接近那個女人，跟她說話。而這場對決，就在我的勝利下落幕了……

掛在天上的滿月照亮了一名少女。

「花灑同學，謝謝你……我會一直待在你身邊……我最喜歡你了。」

她以不同於平常的優美模樣露出微笑，活像個勝利女神。

柔軟的嘴唇奏出的嗓音聽來令人心曠神怡，一瞬間就消解了這場戰鬥帶給我的疲勞。

「花灑同學好厲害喔！真不愧是我最喜歡的人呢！」

「花灑好帥！我最喜歡你了！」

「花灑果然不簡單！太迷人了！我一直相信你呢！」

接著學生會長和我的兒時玩伴，以及校刊社那個女生跑了過來。

「哎呀～～！花灑仔比水管仔更帥氣呢！我也最喜歡你了！」

「我，喜歡花灑。」

甚至連別校的學生會長，還有水管的兒時玩伴，也都用水汪汪的眼睛看著我。

「那麼，誰來當花灑的女朋友？我可不打算讓賢！」

「我也不打算退讓！花灑的女朋友是我！」

「不行！要跟花灑成為情侶的人是我！」

「我也不要！我要和花灑仔交往！」

「大家，不可以。是我。」

哎呀……一群美少女為了爭我，吵起來了啊。

真沒辦法……異性緣好的男人真命苦啊……

不過，這不成問題。我早就想到會有這種情形，所以事先想了個好主意。

「我說啊，既然這樣，妳們就全都跟我交往吧。妳們想，這樣就不會有人受傷了吧？」

我喜歡妳們每一個人。所以，為了讓妳們全都得到幸福，別無其他選擇。

相信我的心情已經好好讓大家了解了。不知道為什麼，我就是有這種把握。

「真是好主意！既然這樣，星期一的女朋友就是我！」

「那星期二是我！」

「那麼，星期三我要了！」

「那星期四就是咱啦！」

「星期五，我。」

看，大家都明白了吧？這才是最極致的大團圓結局。

「等一下，這個提議我也贊成，可是在這之前有事要做。」

「有事要做？是什麼事？」

勝利的女神以妖媚的手勢輕輕把手放上我的胸口。

我陷入一種從頭到腳都被她支配的錯覺，全身一震。

「對決過後，你的身體已經傷痕累累，而且也弄得髒兮兮的。所以，得先去洗個澡……讓我幫你洗。」

「咦？真……真的？」

「當然。只是，希望你不要太盯著我看……我會害羞。」

女神在浴室裡難為情地出聲，背對著我，把衣服一件一件地脫掉。

這相當令人緊張……咦？我是幾時從荒野移到浴室來了？

「呼～～這樣就準備好了！你也好了喵～～？」

女神脫去所有衣服，變成赤子之姿，格外興奮地問了我一聲。

有問題……總覺得很多事情都有問題……冷靜一想，從開頭就有問題。

太陽是從西邊下山才對吧？為什麼會從東邊下山？

「啊，呃～～……我看還是算了吧？我們彼此都會很害羞，不是嗎？」

我撇開目光，對這個硬是很像活潑女大學生的美女提議。

雖然我確實有想跟她一起洗澡的慾望，但總覺得有不好的預感……

「不要緊～～明明就沒有任何需要害羞的理由嘛～～！因為……」

「因為？」

「我們是母子嘛～～！」

「聖母～～～～！」

這是怎樣！為什麼我理想的夢，每次都會迎來聖母結局？

真的嚇死我了！這是夢吧！我現在是待在自己房間沒錯吧！

「……啊啊。嗯，是我的房間……嗚！」

熟悉的天花板，陣陣抽痛的頭。看來我是摔下床了。

「……是夢啊。嚇死我啦～～……」

總之至少避免走到聖母路線的真結局，也就暫時可以放心。

因此，我拿起智慧型手機查看日期。

「……唉～～～～～～！是夢啊～～～～！」

接著我猛力沮喪，全力嘆了一口氣。

是夢固然很好啦……問題是日期……

我和一個男生拿待在一個女生身邊的權利打賭。對這樣的我而言，有一場意義非常重大的對決……高中棒球地區大賽決賽，就在今天進行。

也就是說，我高中二年級史上最大的一場戰鬥甚至還沒開始。

如果只有這個部分和夢境一樣已經結束，醒來已經是隔天，那該有多好……

「唉……抱怨這種事情也無濟於事啊……」

我從地上坐起，厭煩地發起牢騷。

今天的決賽，對戰雙方自然是西木蔦高中對唐菖蒲高中。

本來我應該會像個即將踏上大冒險之旅的勇者一樣，懷著期待與不安交互翻騰的心境迎來早晨，但實際上正好相反，我根本不想去冒險。

我以這輩子鬱悶到最高點的心情，迎來了這一天。

坦白說，我的現狀是前所未有的糟。

命在旦夕的程度，就和在本能寺被明智光秀猛攻的織田信長差不多。

說到事態為什麼會演變成這樣，就要回溯到距今一個月前……起因在於我們聚集的圖書室，由於使用者太少，導致校方下了關閉的決定。

為了推翻這個決定，我每天都和聚集在圖書室的成員一起為了「增加圖書室的使用者」這個目的行動。

……但事態每次都會朝意想不到的方向發展，已經是我的慣例。

首先從好消息說起。就是雖然發生了很多事，但我們有望阻止圖書室關閉。

校方提出的條件是「將使用者人數增加到以前的十倍，並維持這個狀態」，而我們到今天都確實滿足這個條件，暑假期間仍有許多學生來到圖書室。

這樣真的很好。好是好，可是……與此同時發生的一個實在太大的問題，幾乎抵銷了好消息所帶來的喜悅，就是我所處的現況。

其實，在阻止圖書室關閉的過程中，有一位幫手來到本校。

以前唐菖蒲高中和我們西木蔦高中一樣，面臨圖書室即將關閉的危機時，有一位超級圖書委員曾扭轉這種絕境。他就是葉月保雄，通稱「水管」。

水管是個不得了的人物。他的外貌精準地落在剛好不至於引起旁人嫉妒的絕妙平衡點上，又有著一顆隨時都相信對方的率直且溫和的心，還有無論遇到什麼困難都能面帶笑容面對的堅強。

而且在如何讓圖書館受歡迎這方面也有豐富的知識，不但給我們許多好建議，還擔心人數不夠，甚至幫我們找來新的幫手。

還有，他只和我們西木蔦高中的學生認識幾分鐘就能和大家打成一片，甚至比我先在彩頁登場，說他集天神寵愛於一身應該也不為過吧。

就在水管這種萬能的能力之下，圖書室在每一方面都完美地得救了。

可是，就是這個可是。只有一個……水管就只有那麼一個缺點。

水管不懂別人背地裡的心意……他是個正牌的超絕遲鈍純情ＢＯＹ。

這位所有能力都凌駕在我之上，有著壓倒性高規格的聖人君子，或許是對所有人都太一視同仁，完全接收不到女生對他的好感。

水管帶來當幫手的唐菖蒲高中學生會長櫻原桃……通稱「Cherry」、水管的兒時玩伴草見月……通稱「月見」，這兩位的心意他也絲毫沒發現。

然後，這個大受女性歡迎的水管所喜歡的對象……就是我們西木蔦高中的圖書委員，也就是那個平常綁辮子、戴眼鏡又平胸，其實卻是離譜巨乳美少女三色院堇子……人稱「Pansy」的女生。

他們兩個是同一間國中出身，所以感情非常好……當然根本不是這麼回事。

從結論說起，Pansy 討厭水管，而且是相當討厭。

這個古怪的圖書委員對這個聽不懂別人言外之意的男生，唯一的選項就是拒絕，無論他這個人有多好都沒用。

水管無法察覺別人的好感，會無自覺地傷害女生。她說他所形成的這個殘酷世界會讓她受不了，所以要當男女朋友根本是無稽之談。

而且，甚至還覺得不想再跟他扯上關係。

若是原本的 Pansy，應該已經毫無困難地將拒絕的心意化為行動，然而……沒想到這個看似無敵的圖書委員也有弱點。

Pansy 在國中時代由於長得太漂亮，變得像是招攬客人的貓熊，當時就是水管他們幫她擺脫這種困境。也就是因為有這份恩情，才讓她不能對水管無情。

強大的善意成了「詛咒」，束縛住 Pansy。

水管對於自己在施加這樣的詛咒一事毫無自覺，在這樣的情勢下，更不掩飾他對 Pansy 的戀愛情感，展開追求（他自己似乎認為有在掩飾）。

而喜歡水管的 Cherry 與月見則以超人般的達觀，為了讓心上人的戀情開花結果，展開各式各樣的支援，試圖讓他們兩人變成男女朋友。

Pansy 卻又無法正視她們說：「不要這樣。」一天比一天鬱悶。

由於之前的恩怨，我本以為看著她這樣可以讓我覺得痛快，實際上卻正好相反。

反而連我的心情也變得糟透了。

Pansy 這個人每天都會對我毒舌，還會以各式各樣的跟蹤狂行為腐蝕我的精神，簡直像個魔鬼。即使如此……該怎麼說……她仍然是個好女人。

所以，我要除去綁住她的「詛咒」，找回原本的日常。

我是這麼想的……但對手遠比我想像中強大。

無論圖書室的事還是 Pansy 的事，他始終走在我前面，讓我連比都沒得比。

但我仍然不死心，策劃了一舉扭轉局勢的計謀，想勉力抓住勝利。

Pansy 是個膽識過人的女生，甚至敢公開發下豪語說喜歡我。既然如此，我就暫時和

Pansy 當男女朋友，改善這個狀況吧！

我本來打算這次一定要把往意想不到的方向發展的事態拉回來，但天不從人願。

事態何止往意想不到的方向，簡直已經往四次元進展。

原來我的好朋友小桑——大賀太陽，早已和 Pansy 訂下一個約定，那就是「要是今年的地區大賽決賽，西木蔦高中確定能進軍甲子園，妳就要當我的女朋友」。

說穿了，就是我試著想當的角色……保護公主的騎士，早就已經存在了。

這個約定，讓我的存在意義完全消失了。

圖書室的事有水管解決，Pansy 也靠小桑得救了。

……本來應該是這樣，但後半的問題其實並未得到解決。

水管是個率直專一的男生。

因此，無論 Pansy 有沒有男朋友，他的心情都沒有絲毫動搖。他若無其事地跨過這堵叫作小桑的高牆，對 Pansy 給予不變的溫柔，無自覺地持續折磨她。

於是我歷經一番迂迴曲折，得出種種結論後，這次真的向水管挑戰了。

我心想：既然不可能改變他的心意，那只要在物理上讓他無法再和 Pansy 在一起就好。

於是和水管打了個賭。

輸的一方要受到「再也不准接近 Pansy 和她說話」的處罰，是我一生一世的大賭注！至於說我找他打了這場賭，結果怎麼樣呢？

……我要進入回想模式！

＊

——兩週前　圖書室。

我的兒時玩伴，以開朗活潑的笑容為賣點的日向葵，通稱「葵花」。

西木蔦高中學生會長，看似冰冷其實人很好的秋野櫻，通稱「Cosmos」。

西木蔦高中校刊社社員，一情緒化就會冒出津輕腔的羽立檜菜，通稱「翌檜」。

唐菖蒲高中學生會長，個性隨和卻有幾分難以捉摸的櫻原桃，通稱「Cherry」。

水管的兒時玩伴，沉默寡言的文靜少女，草見月，通稱「月見」。

然後是西木蔦高中圖書委員，冷淡地大展毒舌的女人，三色院堇子，通稱「Pansy」。

我把一種小小的紅色髮夾交給這六個人。是跟一個女生借來的。她準備了大量這種和Pansy 同款的髮夾，以便隨時弄丟仍然有得戴。

當然，我把髮夾交給她們並不是沒有意義的。

「妳們就把髮夾交給我和水管之中妳們認為該待在 Pansy 身邊的那一個。然後，最後手上髮夾較多的一方獲勝。」

為的就是進行這場一對一的投票對決。

附帶一提，由於偶數票有可能平手，所以還加上了「地區大賽的決賽中，若是西木蔦高中獲勝，就由我獲得一個髮夾；唐菖蒲高中獲勝，則由水管獲得一個髮夾」這麼一條規則，但這條規則無關緊要。

提出這場對決，而且水管答應時，我不由得讚美起自己。

水管所有能力都凌駕在我之上，若是堂堂正正向他挑戰，那是必輸無疑。

然而，若是這樣的對決，我想我就有辦法獲勝！反而是想輸都沒辦法吧！

畢竟拿到髮夾的六個女生當中，有四個都跟我一樣就讀西木蔦高中。

也就是說，只要就讀西木蔦高中的這四個人都把髮夾交給我，根本不用管比賽輸贏，當場就會確定由我得勝！

我本來是這麼想，可是……這個世界果然對我一點都不好。

沒想到 Cosmos、葵花、翌檜……西木蔦高中的這三個成員竟然不是把髮夾交給我，而是交給了水管！

這種情形實在太超乎我的意料，讓我看得目瞪口呆，更沒想到竟然還繼續有意料之外的事情發生。

把髮夾交給水管的這三個人接下來對我說……

「我喜歡你喜歡得要發狂！所以，希望你讓我當你的女人！」

「花灑，我最喜歡你了！我，想當花灑的女朋友！」

「請讓我永永遠遠，待在你身邊最近的地方！以女朋友的身分！」

我……我要原原本本地說出當下發生的事情啦！

我對水管挑戰，結果不知不覺間卻有女生對我表白。「我……我想各位讀者應該會搞不懂她們在說什麼，其實我也搞不懂為什麼會變成這樣」……

我腦袋都快打結了……這絕對不是作夢結局或整人遊戲之類那麼好擺平的事情。我真的嚐到了這世上最可怕的東西是什麼滋味……

「這、這個……等全部都結束之後……等你們的對決分出輸贏以後再回答我就可以了。所以，到時候，花灑同學，希望你告訴我你的心意……」

啊！不行不行！

我正搔著臉頰，Cosmos 就滿臉通紅地開始對我傾訴。

「花灑，我等你！呃……我真的真的最喜歡你了！」

「花灑……讓咱聽到不同款的答案……」

接著葵花與翌檜也都滿臉通紅地這麼說。

翌檜是情緒一亢奮就會冒出津輕腔，讓我聽不太懂意思，但我想她說的話意思大概是「希望你讓我聽到不一樣的答案」。

「我、我明白了……那、那個……謝謝……妳們三位……」

不妙……我的耳朵從剛剛就一直好熱，脖子還給我怦通怦通地脈動起來。

這只是猜測，我想我大概也是滿臉通紅。她們三個的心意真的很清楚地讓我知道了……

……呃，可是啊……這種時候，一般不是都會幫喜歡的男生嗎？

即使我和 Pansy 看起來就要發展成很好的關係，妳們為什麼不幫喜歡的男生，卻跑去幫另一個男生？

「我也非得努力不可了呢……愈想愈燃起鬥志了……」

Pansy 啊，妳因為水管在場而無法坦率做自己。燃起包上一層糯米紙的鬥志是沒什麼不好，可是在這之前，應該有些事情妳更該掛心吧？為什麼妳可以這麼冷靜？

「花灑，你好厲害……我第一次看到異性緣這麼好的人……」

水管，你現在馬上去給我照照鏡子，這樣你就會看到一個異性緣更加好得不得了的人。

「妳們三個都好厲害……我大概就辦不到……」

「……我也是。」

至於 Cherry 與月見……她們表情五味雜陳，應該正痛切地感受到某種事物……

而且，既然會在這種狀態下有這樣的態度，說不定也就表示妳們兩個……不，這個就別再說了。現在我有其他更該留心的事。

關於這番表白，說來對她們三個過意不去，但所幸她們說我事後再回答就可以了。

既然如此，我就先讓心情鎮定下來，想想跟水管的這場對決吧。

呼……那麼，我要冷靜…………我該怎麼辦啦～～～～～～！

本來以為是自己人的三個人，這可不是跟我為敵了嗎！

現階段，水管擁有的髮夾是「3」！我是「0」！

弄得如果我要贏過他的票數，就得把剩下四個髮夾全都拿到手才行啦！

這豈不是說，如果要用正攻法達成，我得拿到卯足全力討厭我的 Cherry 和月見……再加上 Pansy 的髮夾，而且小桑他們西木蔦高中棒球隊還得打贏唐菖蒲高中棒球隊才行嗎！

即使我相信後半還有辦法搞定，要拿下 Cherry 和月見也太強人所難了吧！

因為這兩個女的明明喜歡水管，卻還想撮合水管和 Pansy 變成男女朋友耶。這種腦袋裡只有整片花田的女生，是要怎麼說服啦！

「花灑，Cosmos 同學她們說的話的確讓我嚇了一跳，但這和打賭是兩碼子事！我不會輸給你！我會堂堂正正贏得這場打賭！」

你這小子，都已經拿了三個髮夾，早就可以老神在在了，多少大意一下好不好！

「我終於……終於見到堇子……可是，現在卻要我再也不能見她，我絕不要這樣！」

又是只顧著 Pansy！你好歹也顧慮一下 Cherry 和月見吧！

你自己看看她們兩個的態度！她們這可不是沉思起來……

「也對！我也這麼覺得！」

「嗯。這是兩碼子事。」

妳們會不會調適得太快了點？

這種時候妳們難道就不會多沮喪一下，讓水管有點顧慮……我想也是不會啦。

妳們就是堅定地支持他嘛。是不是多少該以自己為優先啊？

唉……為什麼我這個人就是沒辦法讓事情照我的計畫進行呢？

算了。總之，今天我就趕快回家，明天再待在家裡慢慢構思計畫吧。

畢竟離決勝負的那一天還有足足兩週嘛。我多的是時間可以慢慢想……

「等等，花灑仔，你不要馬上就想回家啦～～我也有一個提議啊！」

……怪了？我還以為事情已經談完了，卻還說有提議，這樣對嗎？

「請問是什麼提議呢，Cherry 學姊？」

「讓我們六個有髮夾的女生，每個人對這場打賭各加上一條規則！」

呃～～妳這個墨魚圈髮型女，給我說這什麼鬼話？

「很好。我贊成。」

「Cherry 同學，這真是個好主意！其實我也一直覺得如果只有花灑定的規則，有些地方實在有些含糊！」

「加規則聽起來好好玩！我也贊成～～！」

「不錯耶！我當然也贊成！」

「我也無所謂。」

喔！大家還真來勁呢～～！那我可不可以也發表自己的意見？

萬萬不行。

「請問一下～～……Cherry 學姊，為什麼要提這種提議？」

「沒有啦，說來不好意思，可是如果就這樣只採用『拿到比較多髮夾的一方獲勝』和『根據決賽中獲勝的是哪間學校，決定花灑仔和水管仔之中誰可以得到一個髮夾』這兩條規則，你大概會作弊吧？所以為了讓這場打賭公平，我想補充一些規則！我們都被牽扯進你們的這場對決了，這點權利總可以有吧？」

最好是可以啦！要知道現階段我的勝算可幾乎是零啊！

要是這種時候還搞出規則這種多餘的限制，我的勝算就會完全消失啊！

冷靜……現在慌張就輸了。這種時候就該冷靜地阻止她們追加規則才行……

「呃，我不會作弊啊。」

我的右手拇指和食指互搓，堂堂正正地回答。

呼……我這可不是回答得挺漂亮的嗎？這樣一來，相信 Cherry 也會……

「啊！花灑在說謊！大家，花灑想作弊！」

嗚呀啊啊啊啊！我話才剛說完，圖謀就被拆穿啦！

我都忘了……葵花看得穿我說謊……該、該死！

「好～～！那麼，看來花灑仔會作弊，所以就從我開始追加嘍！」

我說啊，就算這是事實，妳用這種斷定的口吻進行討論，總覺得不太對啊。

該怎麼說，總可以再委婉一點……啊，好的，我什麼都沒說。

「一個人最多只能把一個髮夾交給花灑仔或水管仔！當然不可以從一個女生手上拿到很多髮夾吧！妳明白吧，堇子仔？」

「我當然明白，櫻原學姊。」

「下一個是我……一旦交出髮夾，就不可以收回。這樣可以吧，葵花、Cosmos學姊、翌檜？」

「嗯！沒問題！」

「我也是這麼打算，妳放心吧，月見同學。」

「我和她們兩人一樣！一丁點都沒有想要討回來的意思！」

「那麼，換我！嗯，呃……我們六個人交出髮夾，地區大賽的決賽結束後，這場打賭就算結束！花灑，不可以拖延不讓打賭結束啦！」

「那我也要！關於交出髮夾，就設定成只能在花灑和水管都在場的地方進行吧！畢竟要是花灑要求給出證據，就會很麻煩！」

「我也要提議！髮夾不可以硬搶，只有確實出於當事人意願給的才算數！因為花灑說不定會動粗！」

我說啊……葵花同學、翌檜同學、Cosmos 學姊？

為什麼妳們的規則全都是在針對我預防？

Cherry 和月見加上的規則可是在提防 Pansy 和妳們耶。

這種時候，妳們難道就不會跟她們對抗，加上一些會對水管不利的規則嗎……我想也是不會啦。

「那最後……輪到董子仔了！」

「知道了。」

啊～～Pansy 啊……算我求妳，算我求妳了，拜託講點正常的規則！

「……輸掉的一方一定要執行處罰，不可以求饒。」

哇～～！這可是極為正常，讓我無路可逃的規則耶！我可以哭嗎？

「大家的規則都好棒！花灑仔，水管仔，你們有沒有不喜歡哪一條規則？」

麻煩朝廢掉所有規則的方向討論。

我內心這麼想，但看這氣氛，實在不是說出來就能拗過去的……

「不會，沒有！謝謝各位加上這幾條公平的規則！」

「……沒有……這些規則極為正當……而且公平……」

真的是喔，事情怎麼會搞成這樣……

到底是要演變成多糟糕的狀況才滿意啦……

＊

就這樣，回想結束。場面回到決勝當天充滿凶煞之氣的早上，我的房間裡。

這兩週真的是要我的命……

要知道我明明處在這種狀況下，卻還得去幫忙圖書室的工作啊。

真的是很尷尬。主要的原因就在於水管那無自覺的善意和持續不停的監視。

這小子明明在跟我對決，卻一副這是兩碼子事的態度，和善地對待我。

每次都害我被Cherry和月見找去，用爆出火花的視線審問我：「你有沒有耍花樣？」

而且葵花、Cosmos和翌檜還會眼尖地察覺到我被審問的情形，用精光暴現的眼神審問我：

「你們在談什麼？」

附帶一提，即使我是和來圖書室的其他女生說話，情形也一樣。我待在學校的時候隨時都受到監視，實在非常難熬。

……然後，最狠的是Pansy還會平淡地發簡訊來威脅我說：「我要你陪我。」

我所知道的圖書室業務當中，應該不包括「談話→審問→審問→威脅」這樣的例行作業，現在到底是什麼情形？

所以為了不造成無謂的麻煩，我盡可能避開圖書室成員和唐菖蒲高中那些人，在這門庭若市的圖書室裡，專找來光顧的男生交流。

也多虧如此，我和綾小路颯斗等諸多男生感情都變得非常好。

……好了，應該夠了吧。

不管怎麼抱怨，世界也不會因此就對我好一點。還是趕快做好準備，前往地區大賽決賽兼我與水管這場投票對決之地的球場吧。

呃……比賽是從下午一點開始，現在是八點，所以……【震動】。

「……嗯？是葵花？」

我正磨蹭著要開始換衣服，智慧型手機就震動了。

是兒時玩伴葵花發來了一通訊息。

『花灑，早啊！跟我還有 Cosmos 學姊一起去球場吧！』

喔！這個提議真令人高興！一大早就和兩個美少女一起…………慢著。

……這不太對吧？

從那天以來，葵花就跟我說：「在你做出回答前，我希望我們能像以前那樣好好相處！不能跟花灑說話，我才不要！」

因此這兩週來，葵花和我處在和以前沒兩樣的兒時玩伴關係。

也就是因為這樣，之前我也經常和葵花一起上學。

然而，這種時候葵花從來不會事先跟我聯絡。

她每次都突然從背後展開強襲，對我的背造成重大傷害。

可是偏偏就在今天，特地先跟我聯絡？而且還跟 Cosmos 一起。

……可疑……太可疑了……

……啊！難、難道說，葵花的目的是……！

這樣一來，我就得不理這通訊息，趕緊出發──

「早安，桂樹伯母！」

好快。好快啊，葵花同學。請妳不要在我允許之前就跑來我家。

「這不是小葵嗎～～！早啊！……哎呀？這位同學是？」

「這個，呃……那個……盛夏之際，您仍福體安康，還容在下謹表祝賀之意！」

怎麼季節問候語都跑出來啦～～～～！

「哎呀！大暑時節，謹祝您益發健朗。」

老媽……不用這麼一板一眼地回她季節問候語啦……

「這位是 Cosmos 學姊！是學校的學生會長喔！Cosmos 學姊，這位是花灑的媽媽桂樹伯母！」

「我是西木蔦高中學生會長秋野櫻！還請多多指教！媽！」

喂，我怎麼覺得剛剛這一聲的言外之意有夠言之過早的？

「哎呀，妳好可愛喔～～！我是雨露的媽媽如月桂樹，請多指教了，小櫻！……所以，妳們兩位都是有事來找雨露的吧？」

「嗯！我們有事找他！」

「是的！就、就是這樣！我、我我我、我們想一起去今天棒球比賽的球場……！」

「謝謝妳們和雨露這麼好～～！雨露～～小葵和小櫻來嘍～～！」

不要扯到我身上！……不妙！……不妙啊！

這只是我的推測，葵花和Cosmos的目的多半是要拿下我！

若我和水管兩個人不出現在同一個地方，就會因為翌檜加上的「髮夾只能在花灑和水管都在場的地方交出」這條規則，讓其他女生無法交出髮夾。

所以我本來的盤算就是在這場地區大賽的決賽中，狀況演變到對我有利之前都不和水管王見王，但她們卻想阻止我這個盤算，根本是魔鬼！

竟然真的全力跟我為敵！

「知、知道了！謝啦，老媽！妳可以先請她們兩個在客廳等一下嗎？我才剛起床，還沒準備好！」

「啊，是花灑的聲音！那我們就在花灑的房間等～～！」

妳知道我的房間不是客廳嗎？

「好～～！知道了～～！來，兩位請進請進！妳們可是貴客呀！」

就算是客人也不能原諒！

該死！既然我發不出冒牌龜派氣功，就得立刻把房間上鎖才行……

「打擾了～～！」

「那、那麼，我也……打、打擾了！」

唔喔喔！我聽見有咚咚咚的腳步聲爬著樓梯上來了～～！要快啊～～！

「啊！兩位要喝咖啡還是紅茶？」

老媽以漂亮的提問絆住她們了！我就趁這個機會……好！上鎖完畢！窗戶也ＯＫ！

「我要紅茶！謝謝桂樹伯母！」

「啊，呃……這個……麻煩給我ＣｏＴｅａ！謝謝伯母！」

妳是要喝哪一種？這種新的特調法是幾時確立的？

「到啦～～！……怪了？門鎖著！花灑，開門啦～～！」

「不、不好意思！我正在換衣服，只穿著一條內褲！所以，妳們先去客廳……」

「這樣啊！那我們就在這裡等你！」

啊，看這樣子，是說什麼也不放我走了。

「哇啊～～！這裡就是花灑同學的家啊～～！……花灑同學的家～～！」

Cosmos，我家很普通，妳不用這樣開心……

「學姊學姊！我本來以為花灑想跑掉，看來我猜錯了耶！」

「呃，室內格局是……咦？嗯、嗯！就是啊！我還以為他會為了濫用翌檜同學的規則，已經先出門了，但他沒有，我可放心了！」

我是這麼打算啊，只是沒想到魔鬼來得比我預料中更早。

竟然在比賽開始前五小時就跑來，妳們根本腦袋有問題吧？

怎麼辦？假設我做好準備，趁她們兩個不注意，全力逃走。

可是，葵花這個女的就是突破了男女的差別，在運動這方面無論速度還是體力，都壓倒性地勝過我。而 Cosmos 想必也相當有本事。

也就是說，我幾乎１００％跑不掉。保證會被逮住。然後，就會被押走。

如果我和水管現在就到齊，當場就會確定我的落敗。

現階段，還把髮夾留在手上的三個女生之中，Cherry 和月見這兩人滿心打算把髮夾交給水管。我會被押去的地方不是決戰之地，而是刑場。

為什麼比賽還沒開始的大清早，我就會陷入如此危急的狀況！

既然這樣……唯一的方法就是動用「那招」了……

我在整理東西出門前，先悄悄拿起了智慧型手機……

＊

到頭來，我放棄逃走，乖乖和葵花與Cosmos一起前往球場。

現在位置是在搭完電車後，距離進行比賽的球場徒步十五分鐘的地方。

「嘿嘿！跟花灑一起！跟花灑一起！」

右邊的葵花一臉幸福地勾住我的手臂，牢牢固定住。

柔軟的觸感，加上微微碰到臉頰的柔順頭髮，讓我非常幸福。但眼前實在是希望她饒了我吧。

「那、那個……花灑同學，那……那個……嘿！成、成功了！我辦到了！」

左邊的Cosmos右手開合幾次後，只用食指指尖客氣地輕輕碰上我的手背。她心滿意足的少女微笑和平常成熟的模樣大相逕庭，讓人看了都覺得溫馨，但又非常不方便揮開。

呼……要是看在旁人眼裡，大概會覺得很羨慕我的狀況吧。

可是啊，大家知道嗎？

這兩個女的可是為了帶我去刑場，無自覺地揮舞著女人的武器啊。

所以呢，我總不能乖乖去赴死，於是安排了一個計謀。

如果一切順利，差不多是時候……【震動】。

「……咦？不好意思，有人打電話給我，可以請妳們放開我一下嗎？」

「咦咦～～！我不放！我不要跟花灑分開！」

「我說妳啊……兩隻手都抽不出來，我是要怎麼接電話？」

「花灑同學，你該不會是想騙我們，趁機跑掉吧？」

到剛才還是個微笑的少女，轉眼間卻誕生了一個微笑的鬼婦。

「真、真的是有電話啦！妳看，是班上同學打來的……」

「……唔，確實沒錯。可是，你也可以不接這通電話，直接跑掉吧？」

「就說我不會跑了！」

「葵花同學，花灑同學在說謊嗎？」

「不用擔心！花灑沒說謊！」

這兩個女的好棘手！分工也太紮實了吧！

「總之，我先接電話再說！好啦，葵花和 Cosmos 會長都先放開我！」

「唔～～！花灑小氣鬼！」

「啊嗚……虧我那麼努力……」

好，雖然只是暫時，總算是得到了解脫，我就稍微拉開距離……

「喂？」

『我是代號α，抵達目標地點。你那邊的情形怎麼樣了？』

好耶！趕上了！趕上了啊！

電話另一頭傳來的說話聲，讓我忍不住想擺出握拳姿勢。但我要忍住！

「……我是代號J。這邊正順利引導H和C。你那邊的情形呢？」

『已經準備萬全，隨時都可以出擊，一切良好。』

「……嗯。代號β的情形呢？」

『從剛才就為了統一精神，以五郎丸姿勢待命。都聽到他的喘氣聲了。』

『呼……呼……』

真的成了達斯β。我想應該靠得住。

「我明白了。那麼，接下來十分鐘後……在一〇一三時，在E地點會合。祝好運。」

我結束了與代號α的電話，深呼吸一口氣，然後面帶笑容走向她們兩人。

「久等啦！那我們走吧！」

「……嗯？花灑同學，你怎麼啦？看你心情似乎很好？」

「沒有，沒什麼大不了的！別說這些了，我們趕快過去吧！」

「唔……也對。那麼，再來……我、我我我……我們再牽手！走吧！」

Cosmos 再度把食指指尖輕輕貼到我的手背上。

原來這對 Cosmos 而言，可以算是牽手啊……

於是我就再度受到葵花與 Cosmos 的拘束，前往球場。

接下來九分鐘後，我看了看前方不遠處，球場外側的西邊入口。

只要過了這個門，進入球場的瞬間，我這輩子最大的賭注就要開始。

決定我和水管誰才有資格待在 Pansy 身邊的投票對決。

萬一我輸了，以後我就再也不能接近 Pansy，什麼話都不能跟她說。

而且照這樣下去，相信我必敗無疑。前提是，真的照這樣下去……

哼哼哼……各位以為這兩週來，我什麼都沒做？怎麼可能！

我想著該怎麼做才能贏過水管，所以訂出了一個計畫！

用這個計畫，就有勝算！

可、是、呢，有個更根本的問題……

「花灑！月見、翌檜還有 Cherry 學姊都在等我們，我們就去找她們吧！快點！」

這套瞬殺全餐絲毫不給我時間喘息。

我的計畫需要準備，她們卻連準備工作都想阻止，這可就超乎我的意料。

「我說啊，葵花……可以問妳一個問題嗎？」

「什麼問題？」

所以呢，坦白說，我打算甩掉她們兩個的束縛，趕快跑掉。

「關於最近的ＧＤＰ，妳有什麼看法？」

「雞～～滴～～劈～～？那是什麼～～？」

好！葵花的拘束力開始放鬆了！ＧＤＰ？我哪會知道那是什麼鬼東西！

我只是隨口講些從電視新聞上聽到的字眼罷了。

大概就是「Global Domestic Paradise」之類的縮寫吧。

「葵花同學，『ＧＤＰ』就是『Global Domestic Product』的縮寫。」

我猜得還挺接近的！有點想誇獎自己！

「這樣啊！可是，這是什麼意思～～？」

Cosmos的發言造成葵花的力道更放鬆了！…………就是現在～～！

「用日語來講，就是國內生產毛額的意思——」

「喝啊啊啊啊啊啊啊啊！」

「啊！花灑！」「花灑同學！等、等一下！」

趁葵花力道放鬆，解除她的摟抱！立刻衝刺！

葵花與Cosmos被我來了個出其不意，慢半拍才開始追擊我！

「才不會讓你跑了～～！」「就憑那點速度，有個二十秒就追得上了！」

不要講什麼那點速度！我可是已經卯足全力了，可惡！

可是啊，Cosmos……要知道妳的發言可是錯的喔。

有二十秒就追得到，也就表示我撐得了二十秒！

有這樣的時間就１２０％足夠了！現在時間是十三分！

……好！我穿過球場外側的ＥＮＴＲＡＮＣＥ（入口）啦！

「代號Ｊ，完成任務！誘導Ｈ與Ｃ成功！之後就交給你們啦！」

「「了解！」」

「好～～！追上……咦？」「哇、哇！你、你是……？」

就在我穿過入口的同時，出現了兩個人影。

人影出現在眼看就要追上我的葵花與 Cosmos 身前，阻止了她們兩人前進。

「Co、Cosmos 學姊，妳好！我和花灑同班，是足球隊的有不和！」

「葵花！好巧啊，竟然在這種地方遇到妳！我是妳的同班同學，橄欖球隊的部江田！」

不知道大家還記不記得？就是以前在討論我們學校哪個女生最可愛的那兩個男生。

也就是最喜歡 Cosmos 的足球隊有不和同學，以及最喜歡葵花的橄欖球隊部江田！

畢竟幫忙圖書室業務的這兩週期間，他們兩個也來到了圖書室！

於是我就和他們培養出友情，還交換了聯絡方式！

而當葵花與 Cosmos 來到我房門前時，我就聯絡了他們兩個。

「葵花和 Cosmos 會長說想詳細了解足球和橄欖球。我會帶她們兩個到球場的西邊入口，可以請你們就在那邊教教她們嗎？」

一旦知道本校代表性的兩大美女葵花與 Cosmos 對他們所參加的社團活動有興趣，想必會忍不住大談起來！

「Cosmos 會長竟然想了解足球，真令人高興！首先，我就從初步的知識講解起。足球裡守門員以外的球員都不可以用手！會長知道嗎？」

「葵花，既然妳對橄欖球有興趣，早跟我說就好了嘛！我就先教妳一些簡單的規則，橄欖球是一種拿著球跑的運動！這妳知道嗎？」

你們講的我都知道。這根本是連超級大外行都知道的知識嘛。

「有不和同學，不好意思，我有事要忙，可以晚點再說嗎？我現在……」

「Cosmos 會長！妳現在就要開始練習跑位嗎！真有幹勁！也好！那麼不才在下有不和，就以華麗的腳步來阻止妳！」

這是多麼對自己有利的解釋！而且，腳步的水準不知道在高什麼的！

「部江田同學，現在你先讓開！花灑要跑掉了！」

「葵花，妳用講的來提振士氣是很好，不過頂牛是身體與身體的碰撞！來吧，儘管放馬過來！」

我想她應該不會過去。葵花是想躲開你。不過，你擋得漂亮！

「呼……呼……葵花，妳也許看得穿我說謊，可是啊，我也很清楚妳的習慣動作！畢竟我們從小就認識嘛！好好記住了！妳只要一想事情，力氣就會放鬆啊。哼哈哈哈！那麼，就這樣～～」

唔嘿嘿嘿嘿！別小看我了！就說我哪有這麼容易被妳們逮住！

「有不和同學、部江田同學！她們兩個雖然態度不好，但其實很希望你們教導，所以你們就慢慢聊到比賽開始吧！」

「謝啦，花灑！那麼接下來，我就對 Cosmos 會長講解越位——」

「包在我身上，花灑！那我就把橄欖球一共五種的得分方式，好好說給葵花——」

「花灑，等一下！你一定要等！」「慢著！花灑同學！」

別了！葵花、Cosmos！

……後來，我利用有不和同學和部江田同學為我爭取的空檔，想也不想就衝到球場附近的烤雞肉串攤位，對顧攤的小哥簡單說明情形，請他讓我躲一下。

而我在那裡觀望情形，就發現……哼哼哼。

Cosmos 和葵花從「西入口」進了球場啊。

那我就往「北入口」前進吧！

好了……上吧……開球啦！

【和我一樣卻又不一樣的傢伙】

——大賀太陽　國中一年級　五月。

上了國中後，我遇到了兩個令我好奇的人物。

「小桑，午飯要不要一起吃？」

「好啊！當然好！」

一個當然就是花灑，如月雨露。是那個和我一樣，偽裝自己的男生。

我知道花灑在隱瞞自己的本性，但不知道他其實是個什麼樣的傢伙。

所以，我每天都和花灑來往，希望有一天可以知道他真正的個性。

「啊啊，不好意思，花灑！我去一趟福利社，可以等我一下嗎？」

由於國小時有得吃的營養午餐沒了，我的父母都出外工作，所以上了國中以後，我都是去福利社買便當或麵包。

「啊，那我也一起去。我今天沒有便當。」

「這樣啊！那我們就去抓住這場中午熱戰的勝利吧！」

「啊！花灑，你要去福利社買東西？」

「嗯，是啊……葵花，妳怎麼了嗎？」

「嗯！我是怎麼了！」

跑來加入我和花灑對話的，是日向葵，通稱「葵花」，是花灑的兒時玩伴。她的個子在女生之中都顯得格外嬌小，總是活力充沛，開心歡笑，在班上人緣很好。

「就是啊，既然你要去，幫我買奶油麵包來！我想吃奶油麵包！」

「咦咦……妳自己去買啦……」

「好嘛好嘛！來！錢先給你！」

「…………妳這娘兒們偶爾也自己努力一下……啊！」

「唔？怎麼啦，花灑？」

「什、什麼事都沒有！呃……葵花妳偶爾也應該自己努力去買啦……」

或許因為面對的是知心的兒時玩伴，花灑對待葵花的態度和對待其他人不太一樣。所以生氣的時候，他不時就會像剛剛那樣口氣變得粗魯。

花灑緊接著又會一臉「糟糕！」的表情，趕緊變回原來的口氣，實在好有趣。

說不定花灑偽裝自己的時日還不長。在我看來，還有很多地方很粗糙。

只是，葵花本身似乎並未發現花灑在偽裝自己。

「哼～～！花灑壞心！小氣鬼！」

「哈哈！那就沒辦法啦！葵花，我去買來給妳！」

「真的？好棒！謝謝你，小桑！那我回座位等你喔！」

葵花開心地回到自己的座位，開心地拿出飯糰，雀躍地等著。

她不先吃，而是等我們，這種沒有自覺的善良大概就是葵花人緣好的祕訣之一吧。

倒是她打算吃奶油麵包配飯糰嗎？我是覺得不搭啦……啊，差不多該拉回正題了。

因為我好奇的兩個人之中的一個並不是葵花。

至於這個人是誰……

「請、請問……如月同學跟大賀同學，你們沒帶便當來嗎？」

「對……對啊！沒錯！因為我爸媽都在上班！」

「我今天算是碰巧沒帶吧。老媽有點事情……就是，那個，為了J家的事……」

「這、這樣啊……我是搞不太懂，不過你們兩個都好辛苦呢。」

「她」以平靜的笑容看著我和花灑。

留著有點長的辮子，戴著眼鏡的「她」，就是我好奇的另一個人物。

該怎麼說，就是那樣……說來有點不好意思，我就是喜歡「她」。

「呃、呃……那個……」

「她」平常說話口氣都有點畏首畏尾，像是有所顧忌。

雖然她和我或花灑不一樣，並未掩飾自己真正的個性，但我就是喜歡她這種不想被別人討厭，不自我主張，壓抑自己情緒而惹人憐愛的模樣。

花灑也好，「她」也罷，我似乎就是會對有一部分和我相像的人好奇。這算是同病相憐嗎？只是一旦對象是女生，我就會有點怯場。

所以我會緊張，很難主動找她說話。

每次都是像這樣，就只是等「她」找我說話。

說來慚愧，即使變成「小桑」，在重要的節骨眼上還是一樣膽小啊。

「你、你們去福利社買東西，要加油喔！如月同學、大賀同學！」

我一直很喜歡「她」說話的聲音。該說是聽得出一種拚命的感覺嗎？

這理由說來平凡，但努力的女生不是很迷人嗎？

「沒問題！包在我身上！」

所以我也用最棒的笑容回應「她」靦腆的笑容。

說穿了，我從成了國中生以後，每天都開心得不得了。

認識這兩個跟我很像的人就像肯定了過去的自己，讓我覺得很幸福。

可是啊……世事就是不如人意。

這個時候，我根本沒發現。

沒發現自己已經犯了兩個錯誤……

☀

「那、那個……呃……大、大賀同學！」

某天下課時間，身旁傳來一個客氣但拚命的嗓音……是「她」。

「喔？怎麼啦？」

「那、那個……如果不介意，請吃這個！呃……和花灑同學一起吃……」

「咦？這……」

「她」滿臉通紅遞出的東西是用白色與淡桃色絲帶綁住的透明袋子，裡頭裝著餅乾。

我真不知道要怎麼形容當時我的心情。

「唔喝！可以嗎？這個，我真的可以吃嗎？」

「嗯、嗯。最近朋友教我做點心，我就試著做做看，所以想說不知道你們要不要吃。」

「當然要當然要！謝啦！真的謝啦！」

袋子有兩個。應該是把我和花灑的份分開裝好了吧。

而她會特地來交給我，也就表示……

「我、我去找花灑來！我也要讓他知道這種感動！」

「啊、啊哈哈哈哈！大賀同學，你好誇張喔。」

哪會誇張！我真的……真的好開心！

呃，花灑他……不在教室啊。是去上廁所了嗎？

既然這樣，我就直接殺去廁所！我想把這種喜悅傳達給他！想跟他分享！

我離開教室，來到廁所，東張西望尋找花灑。

可是，偏偏就是找不到花灑。

我還以為他來上廁所，是猜錯了嗎？

三間隔間之中的一間上了鎖，說不定……等等，偷看就會變成變態了。

既然這樣，先回教室——

「我說啊，你覺得大賀怎麼樣？」

「咦？大賀？……你是指小桑？」

「——！」

不妙！廁所門口方向傳來有人說話的聲音！被發現就不好了！

我做出這樣的判斷，想也不想就走進最裡面的一間隔間，關上了門。

剛剛的說話聲……雖然聽不出第二個人是誰，但第一個我立刻就聽了出來。

他從國小就跟我參加同一個棒球隊，在國中也同樣參加棒球校隊……是芝。

他現在還是一樣，跟我參加同一個球隊，剛入學時我還以為他跟我最要好，實際上正好相反就是了。

「沒錯沒錯。我其實……很討厭大賀。」

「咦？是這樣喔？你們是投捕搭檔，我還以為你們關係很好呢……」

芝的話不如想像中刺進心裡那麼深。我只靠在牆上，輕輕呼一口氣。

大概是因為我早就發現芝討厭我，而且也不再試著讓他喜歡我了吧。

從國小就不叫我「小桑」的芝根本不重要。

「為什麼？小桑人不是很好嗎？他很開朗，又風趣。」

「那小子太沒神經了啦。你要知道整個棒球隊就只有大賀會被學長還有教練捧。就算我和大賀犯了一樣的錯，被罵的程度也完全不一樣。不，大賀有時候甚至笑笑就沒事了。這真的讓我很火大，那小子就是很會討好別人。」

我自認沒有在討好誰，但芝說的話我也不是不懂。

對此我也一直有同感。

所以我拜託教練和學長說：「要是我犯錯，麻煩請一視同仁地糾正我。」結果反而讓他們中意起我，導致事態更加惡化，這是我的失敗。

「才剛進棒球隊，就只有他一個當了主力球員。為什麼只有一直和他組投捕搭檔的我會比較晚當上主力？……我明明也很有實力……」

「嗯～～……這麼說好像也是啊……」

「我就說吧？而他那小子，每次練習結束後，都會馬上和學長們一起走人耶。想也知道他一定是跑去玩了，也不想想我都還留下來練球。」

聽芝這麼說，我仍無動於衷。但看這樣子，最好還是別走出去比較好。

要是現在我出現，芝大概會慌了手腳。這會對往後造成各種不好的影響。

我們的關係已經出現裂痕，但終究是台面下的裂痕，我不想讓問題浮上台面。

芝可不可以趕快離開廁所啊？不然我不能出去啊。

而且從國小就是這樣，為什麼我待在廁所就會聽到這種談話……【鏗！】

「唔哇！嚇我一跳！你是怎樣啦……幹嘛突然踹開門……」

我隔壁的隔間突然傳來粗魯地開門的聲響。芝發出驚呼聲。

事出突然，我也嚇了一跳。為什麼在裡頭的人會這麼粗暴地……

「喂，你這傢伙……剛剛說了什麼鬼話？」

聽到這個說話聲時，我全身痙攣到自己都無法相信的地步。

是花灑！待在上鎖隔間裡的人是花灑，而他聽到了剛剛的談話！

「你是怎樣啦？」

「馬上給我停止……不要再說小桑的壞話。」

你、你在做什麼啊……花灑？

「你不是和我一樣偽裝自己，小心不惹大家討厭嗎」？

你卻主動做出這種會惹人厭的事情……

「這輪不到你管吧？」

「輪得到。聽你講這種話，我的心情變差了。我就是不爽看到有人只憑猜測就說別人壞話。所以，我再說一次，馬上給我停止。」

他說話的口氣明顯跟平常不一樣，粗暴得絲毫感受不到平常那種乖得像綿羊的模樣。

這大概就是真正的花灑吧。

沒想到我會在這樣的情形下知道我一直想知道的事……

「猜測？你是指什麼事？」

「就是你剛才說的。你說小桑一結束練習就會馬上跟學長回去，但他們不是去玩。小桑是拜託學長，請學長在社團活動之後陪他練習其他位置的守備。」

我的確請學長陪我練習，以便在其他隊員出狀況時，隨時都可以去支援空出來的位子，可是花灑為什麼會知道這個？

……噢，沒錯，就是我。是我告訴他的。

有一次我不小心說漏嘴，說我參加完社團活動後，和學長一起練習其他位置的守備。

「哼！這是怎樣？明明又是對大賀特別待遇嘛。所以那小子才會——」

「小桑沒找你們大家一起練習嗎？」

「唔！這、這……」

……我邀了。只是很遺憾，幾乎所有人都拒絕了……

「我說啊，你剛剛發牢騷說什麼你留下來練球，是真的嗎？之前我聽葵……聽我好朋友說，棒球隊一年級隊員等練習時間一結束，學長們回去後，全都馬上就回去了喔。」

「你、你才不要只憑猜測就亂講！我有留下來練球！」

「好好好。『如果你說的是真話』，那就不好意思。可是啊，你可別忘了，小桑才不是一結束就跑去玩，他是去練球，為的是和大家一起打贏他最喜歡的棒球。可是你卻……要是你敢再說我好朋友的壞話，我就宰了你，打得你再也講不出這種鬼話……知道了嗎？」

「你、你這小子……你是一班的如月吧？原來你是這樣的人？大家還說你都乖乖的，人畜無害……」

「我怎樣根本就不重要，我是在問你知道了還是不知道。趕快給我回答……你想被我宰了嗎？」

「知、知道了！知道了啦！我不會再說大賀的壞話了……」

「那就好。」

「喂、喂！我們走啦！」

「咦？可是，我還沒上……」

「換個地方上不就好了！」

芝似乎慌慌張張地離開了廁所，只聽見一陣粗魯的腳步聲。

然後，等到再也聽不見腳步聲……

「啊啊～～！好可怕啊～～！他體格也太好了吧……唉，我又說得過火了……就是這樣，我才討厭這個我……」

真正的花灑這麼說了。

……我錯了。我一直都錯了。花灑和我根本就不一樣……！

我「為了不被大家討厭」而偽裝自己。

可是，花灑是「為了不傷害他重視的人，為了保護重要的人」而偽裝自己。

所以一旦他重視的人受到傷害，他就會生氣，會主動面對看不過去的事情……

我就辦不到……我連想都沒想過的事情……他卻若無其事地辦到了。

哈哈哈……這是怎樣啦！有人這樣的嗎？

和我這種膽小鬼完全不一樣，是個有勇氣的男人……如月雨露就是這樣的一個人。

「咦？小桑，你跑到哪裡去啦？」

之後我一回到教室，偽裝過的花灑就來到我面前。

他一臉彷彿剛才與芝的爭吵從未發生過的表情，口氣也恢復了。

他根本無意邀功，對我露出一如往常的笑容。

「喔！有點事！對了，今天中午啊，我收到了不得了的東西——」

從這天起，花灑雖然仍是我的好朋友，卻不再是我的同志。

因為我已經知道花灑明明和我一樣，卻又是個和我完全相反的人，等於在否定我過去的一切所作所為……

☀

——大賀太陽　國中三年級　十月。

升上國中三年級，我趁暑假時退出社團活動，之後就成天念書。

棒球名門唐菖蒲高中是願意收我當體保生，但我拒絕了。

我最愛的棒球到哪兒都能打，可是，我不敢去過只有棒球的生活。

因為國小時的那種事情未必不會再發生。

所以，我選擇考高中。懷抱著些許希望，但願能跟「她」上同一間高中。

「啊～～！念書好難啊！」

放學回家路上。我嘴上抱怨，內心卻十分雀躍。

畢竟現在我身旁的人是……

「呵呵呵，大賀同學打棒球那麼厲害，卻很不會念書呢。」

沒錯，是「她」。

厲害吧？我已經跟那麼內向的「她」聊得這麼自在了耶。

光是這樣就讓我感受到自己是很特別的人，覺得好開心……

「嘿嘿！就是啊！該怎麼說，如果念書也像棒球那樣就好了！像是靠團隊合作！我負責數學，妳負責國文這樣！」

「你真是的，那樣念書就沒意義了啦。」

國中三年來，我、花灑、葵花和「她」一直同班。

從聽了花灑和芝那段對話以來，我對花灑就一直有些芥蒂，但我盡可能不去在意。

想說即使他的想法和我不同，他還是我的好朋友，所以有什麼關係呢？

而且對現在的我來說，最優先的是能和「她」共度的時間啊。

考試前，我每天都讓花灑和「她」教我功課。

假日提到大家要一起出去玩的時候，平常都不會表達自己意見的「她」突然提起：「我想去機場！」當時我嚇了一跳，但又覺得好高興。

想說這麼內向的「她」竟然願意對我們說出自己的意見。

以前我聽人家說，只要是喜歡的女生做的事，不管什麼事都會覺得開心。當時我還半信半疑，但這是真的。人談起戀愛，就是會對大部分的事情都以肯定的態度看待。

「啊，大賀同學，那個……今天的事情……可以幫我保密嗎？」

「妳是指將來想當空服員的夢想？」

「嗯、嗯……雖然是我笨手笨腳才會被發現……我希望你能保密……不行嗎？」

今天她不小心一腳踩空，書包裡掉出一本書。

書名是《當ＣＡ不是夢！》，是空服員的入門書。

我問起她為什麼帶著這樣的書，「她」就說將來想當空服員。所以才會對我們提議想去機場看看。

知道這個祕密時的心情，真的是高興得不得了。

當然我是碰巧知道的沒錯啦，可是她也可以說謊帶過吧？

然而，「她」就是說了。雖然顯得很害羞，仍然好好說了……

「我知道了！那我將來的夢想是當大聯盟球員的事，妳也要幫我保密喔。」

「嗯、嗯。只是，我想這個大家都已經知道了……」

我開心的原因當然不只這個。「她」想當空服員，讓我自顧自地覺得跟她是命中注定，高興得漫無邊際。

很久以前的棒球漫畫裡有過。

有過這麼一款作品，主角是投手，女主角是個想當空服員的女生。

所以，我們也會像這兩個人一樣……這樣想是不是太愛作夢了？

「也好，總之為了彼此的夢想，現在就好好念書吧！」

「就是啊，明天也要加油。有不懂的地方儘管問我。」

「沒問題！我會問個夠，儘管依靠我！」

「我倒是覺得被依靠的人是我啦……」

自從退出棒球隊的活動，我以要考高中這個真假參半的理由，每天放學後都跟「她」一起在圖書室念書。

當然了，來圖書室的不只有我。葵花和花灑也很常來。

可是今天，來的只有我。「她」身邊的人就只有我一個。

「花灑和小葵，明天會來吧……？」

「我想應該會！今天他們只是因為和家人聚餐才沒來！妳也知道，他們從小就認識，不是嗎？」

「……這樣啊……嗯，我都忘了……」

「她」還挺怕寂寞的，葵花和花灑一不在，表情馬上就會黯淡下來。

她這種表情的側臉也好可愛。所以，雖然這樣想有點輕率，但我就是忍不住會想。

想說還好他們兩個不在。當然平常我可不是這麼想喔。不過，偶爾這樣還不壞。

而且這也是個好機會。三年來我一直跟她處得很好。

比方說她烤了好幾次點心來給我們，假日大家還會一起出門。

我們已經進展到會分享彼此祕密的關係。

所以，現在這樣兩個人一起回家的狀況，不就是個大好機會？

我覺得現在連我這個膽小鬼也說得出口……

……說啊！說將來我去美國的時候，搭同一班飛機一起去吧！

「我、我說啊──」

「欸、欸……大賀同學。」

「嗯？怎麼啦？」

我正要說出自己心意的瞬間，「她」以比平常高了些的變調的聲音開口。

她視線忽左忽右，顯得心浮氣躁。

「呃、呃……我有些話想跟你說……可以嗎？」

「她」說著走向回家路上的一個公園，在長椅坐下。

我踩著虛浮的腳步拚命跟上。

「沒問題！怎、怎麼啦！」

咦！這，該不會是？不妙啊……我漸漸緊張得亂七八糟啦！

「啊，呃……首先，可以請你在我身邊坐下嗎？」

「好、好啊！我知道了！」

我照「她」的吩咐，在坐在長椅上的「她」右邊坐下。

然而，即使我乖乖聽話，「她」卻不說下去。

她視線亂飄，捲著單邊辮子把玩。想來她應該非常緊張吧。

「那個……！唔唔……」

她好幾次想開口，然後又沉默。

我滿心只想趕快聽下去，心急得不得了，但還是拚命忍耐。

先前一直那麼內向的「她」拿出了勇氣。我不應該辜負「她」的勇氣。

「其、其實呢……那個……我，有喜歡的對象……」

我的心臟都差點跳出來了。

我萬萬沒想到可以從「她」口中聽到這樣的話，心中竄過一股像是成就感的情緒。

「喜、喜歡的對象？」

「一想到他，我就覺得胸悶，光是每天能夠見到他就讓我真的好幸福。所以，雖然我覺得這樣很自私，但仍然硬是製造藉口見他……」

「她」製造藉口見面的男生……也就是說……

「我、我……」

「她」說著臉湊了過來。慢慢地，但又確實地接近。

這實實在在是少女墜入情網的表情。說不定這還是我第一次見到這麼漂亮的「她」。

而當我們接近到彼此呼出來的氣息都會噴在對方臉上時，「她」用力閉起眼睛。

就差一點，就差那麼一點了……

「我喜歡你的好朋友花灑同學！」

「……咦？」

…………啥？她剛說喜歡的是花灑？

「我喜歡上他的契機，是前年棒球校隊打進的地區大賽決賽！」

前年的地區大賽決賽？這場比賽，我不是擔任投手出賽嗎？

為什麼這種情形下不是喜歡我，而是喜歡花灑……

「當時花灑拚命加油，他喊得比誰都大聲，喊到喉嚨都啞了，根本不管旁人的視線，只顧著為你加油，讓我深深感受到，他真的，很重視你……」

的確，比賽中無論其他歡呼聲多吵，我都可以清楚聽見花灑的喊聲。

因為他不管我們進攻還是守備，都老實不客氣地大聲加油。

「我也想被這麼溫柔又有男子氣概的人念念不忘！我也很嚮往地想著，自己也要盡力傳達自己的心意……呃……總、總之我就是好喜歡他！」

聽著這番把我變得一片空白的腦袋塗成全黑的話，我忽然察覺到了。

以前「她」把餅乾交給我時是這麼說的：

「那、那個……如果不介意，請吃這個！呃……和花灑同學一起吃……」

那不是為了我烤的。她是想讓花灑吃她親手烤的餅乾。

而且，仔細想想吧。「她」稱我為「大賀同學」，但對花灑則是叫「花灑同學」。起初她應該也是叫姓氏，稱他為「如月同學」。

何況「她」叫我們的時候，每次都是先叫花灑，不是叫我。

……原來啊……原來……

說穿了，竟然是我會錯意喔……

「呃，可是啊……花灑這人雖然好……但也有些部分是裝出來的耶。那個……其、其實，他這個人，完全不是那樣……口氣跟態度都差……」

我在說什麼鬼話？我還不是在偽裝自己？

而且，在他本人不在場的時候講這種話，根本就和我最討厭的那些傢伙一樣……

「無所謂！這樣的花灑同學我也喜歡！而且，能知道花灑同學新的一面，更讓我高興！所以，就算現在的花灑同學和真正的他不一樣，我也無所謂！絕對無所謂！」

一瞬間浮現的黑色念頭消失的瞬間又再度產生。

喂喂……這是怎樣？

我可是為了不被大家討厭，一直努力到今天耶。

運動我比花灑在行，也比花灑有人緣。

甚至有人說學弟很尊敬我。

可是……為什麼「她」會選花灑？為什麼不是我！

「而且花灑同學在我說起將來想當空服員的時候，就很體貼地支持我。我明明沒拜託他保密，他卻不對任何人說起……」

哈、哈哈哈……連「她」的祕密，也是花灑早了一步知道啊……

而且跟我不一樣，「她」竟然還是主動提起。

到了這個地步，也只能笑了吧…………………開什麼玩笑！

「所、所以，那個……如果大賀同學不介意，希望你幫我……」

我好懊惱。真的好懊惱。

可是，最讓我懊惱的不是「她」喜歡花灑這件事。

而是不管我在腦袋裡怎麼否定花灑，心中卻早已肯定了花灑。

花灑儘管偽裝自己，卻和我這種冒牌貨不一樣，真的有著耿直的本性。

我能體會。「她」喜歡上花灑的理由，我非常能體會。

「不行……嗎……？」

想也知道不行！我喜歡妳啊！但我連說出這句話的勇氣都沒有。

我是個膽小鬼，一直害怕被人討厭。

但我還是想做出一點小小的抵抗，於是問「她」：

「我、我說啊……我是說如果，如果有個人，花灑會的他都會，而且什麼都比花灑優秀，妳會怎麼辦？」

「這是兩回事。花灑就是花灑，所以我才喜歡他！」

哈哈哈……這是怎樣？根本莫名其妙……

「這樣啊…………好啊！包在我身上！我會想辦法！」

「謝、謝謝你，大賀同學！真的很謝謝你！」

「她」滿臉通紅，用戀愛的眼神對我道謝。

可是，「她」眼裡看著的不是我，是花灑。

……我好懊惱。我忍無可忍。為什麼是我輸！

總有一天……不是現在，總有一天！我要報這個仇！

我要把花灑毀得一塌糊塗，讓他再也振作不起來，搶走他的一切。

戀愛怎樣根本不重要！只要能贏過花灑，那就夠了！

贏過花灑比任何事情都更優先！

這個時候，我堅定地下了這樣的決心。

☀

——現在。

十一點，當我來到球場內棒球隊集合的地方，已經有許多棒球隊隊員以外的西木蔦高中學生聚集過來。

比賽開始前兩個小時就有這麼多人特地趕來，實在令人感恩。

我們真的很受期待啊……

只是受到期待的喜悅愈大，也就愈是不安。

要是今年也輸球……大家到底會露出什麼樣的表情呢？

也許會失望，離棄我們……這是……我最害怕的。

許多學生發現我登場，走了過來。

轉眼間，四周變得人山人海。

「小桑，今天你可要好好拚啊！當然，其他各位也是！打進甲子園吧！」

「好啊！包在我身上！我會穩穩搞定！今年一定要打進甲子園！」

「啊！這是飲料！不介意的話，你們大家一起喝！還有，拜託你啦！」

「謝啦！我就心懷感謝地收下了！相信我，等著吧！」

「我們很看好小桑的快速球喔！多拿幾個三振吧！」

「那當然！目標是三振所有打者！怎麼樣？厲害吧！」

「啊哈哈哈！真有大賀同學的風格～～！明明比賽就要開始，卻一點都不緊張！」

「就……就是啊！畢竟我已經有過好幾次經驗了！這種事情總會習慣的！」

「我們也會在觀眾席加油，大家一起奮戰吧！」

「多謝啦！有大家加油，我的力量就會變成一兆倍！」

我扮演起「小桑」，用開朗、熱情、強而有力的笑容回答每一個人。

我說啊，大家……真正的我，可沒這麼厲害喔。

我是個渺小、軟弱、沒出息的傢伙……

我只是個討厭這樣的「大賀」才扮演起「小桑」的人……

……不要怕。既然都來到這一步了，害怕也改變不了任何事情。

我是「小桑」。所以，不要緊。我已經不再是當年那個軟弱的「大賀」了。

「那我們差不多要走啦！畢竟還有事情要準備！」

我在口袋裡握緊拳頭，走進球場內，朝更衣室走去。

心中懷著終於可以靜一靜的安心感，以及絕對要贏球的決心。

☀

「大家，比賽終於要開始了～～！請大家加油喔！我也會在這裡跟大家一起並肩作戰！哼哼～～！」

來到更衣室準備完畢後，在那裡歡迎我們的就是棒球隊經理蒲田公英……人稱蒲公英的少女。

今天她和我們一樣，戴上西木蔦高中的帽子，對大家露出活力充沛的笑容。

只是話說回來，這頂帽子跟蒲公英的頭尺寸不合啊，整個鬆鬆垮垮的。

「觀眾席已經客滿了！相信這也表示這場比賽還有我，就是這麼受到矚目吧！我早就想到會有這種情形，所以已經做好流下感動眼淚的萬全準備！唔哼哼！」

總覺得她似乎打算流下很廉價的眼淚啊……真不知道她這自信是打哪裡來的……

不過要說比賽受到矚目這點，我倒是覺得她說得沒錯。

觀眾席上拉起了大大的布條，歡聲雷動。球場和去年一樣，非常熱鬧。

只是對我而言，和國中時代至今的比賽比起來，就覺得今天安靜得多了。

理由極為簡單。

……就是花灑。他每次都用吵鬧的喊聲加油，讓我絕對聽得見。大概就是因為聽不見他的聲音，才會覺得比平常安靜吧。

我也不是多想聽他的聲音，完全沒有問題，反而覺得剛好可以專心。

和 Pansy 定下要當男女朋友的約定，告訴花灑，真的是做得對極了啊。

「大賀學長，請你加油！這樣一來，我的眼淚就會更添光輝……唔哼哼哼哼！」

總覺得她好像在圖謀一些和棒球完全無關的事情，不過無所謂。

反正蒲公英那些沒什麼好事的圖謀，差不多都會失敗。

然而不管失敗幾次都不氣餒的這種精神，倒是值得肯定啦……

「好！包在我身上啦！我會贏得漂漂亮亮給妳看！」

我開朗的表情成了開關，讓還在緊張的其他隊員臉上也露出了笑容。

除了唯一一個人……

「……嘖！」

「芝學長！不可以擺出這種不高興的表情啦！比賽就要開始了耶！」

「好啦。是我不好，蒲公英。」

「唔哼哼哼！看在我可愛的分上，我就破例原諒學長！」

沒錯，從國小、國中……然後即使到了高中，捕手芝還是在當我的搭檔。

只有他，仍然持續對我抱持懷疑，不會對我微笑。

「芝！今年我們一定要一起打進甲子園！加油吧！」

但我仍以「小桑」的態度對待芝。

我把手放到他的肩膀上，送上「我信賴他」這個假訊息。

「…………哼。」

芝揮開我放到他肩上的手，獨自離開了板凳。

到了高中時代，芝對我的態度變得更糟。我們關係不太好這件事，棒球隊的人都知道。

只是就實力而言，芝排在全隊第三，又是捕手，不能不讓他和我搭檔。

所以這種時候，棒球隊的隊員就會露出有點複雜的表情。

可是，我表現得全不放在心上。

我告訴自己，雖然對芝沒有好感，但要贏球就不能沒有他。

「喔！芝竟然比我先上場，真的是充滿鬥志啊！好！我們也上吧！」

一局上半……先從進攻開始。先攻後攻的順序，還有分配到一壘方面板凳區，這些也都和去年一模一樣。

可是，唯獨比賽結果，我可不打算搞得和去年一樣。

好了……上吧……開球啦！

【摘錄自 Cosmos 筆記某一頁】

花灑同學與水管同學的打賭內容概要！

■勝利條件

花灑同學、水管同學。有髮夾的女生認為誰應該待在 Pansy 同學身邊，就把髮夾交給那個人！兩人之中得到較多髮夾的一方就獲勝！

竟然為了 Pansy 同學展開這樣的對決，花灑同學果然好體貼啊……

■處罰

輸掉的一方就再也不准接近 Pansy 和她說話。

花灑同學再也不能接近 Pansy 和她說話，我討厭這樣……

……可是，我有更討厭的情形。所以我不能站在花灑這一邊！

■規則

1. 地區大賽的決賽中，若是西木蔦高中獲勝，花灑同學就可以得到一個髮夾！

2. 地區大賽的決賽中，若是唐菖蒲高中獲勝，水管同學就可以得到一個髮夾！

3. 每個人最多只能交出一個髮夾給花灑同學或水管同學！一個人不可以給出超過一個髮夾！

4. 一旦交出髮夾就不能討回來！所以就算途中改變主意，也已經太遲了！

……其實我好想給花灑同學啊。

畢竟我對花灑同學最、最最最最……（字亂七八糟，無法辨識）

5. 等我們六個人都交出髮夾，且地區大賽的決賽結束，這場對決就立刻宣告結束！

6. 髮夾只能在花灑同學與水管同學都在場的時候交出！

這條規則非常好，但總覺得花灑同學會拿來亂用啊……

7. 髮夾不可以用搶的，只有憑當事人自身意志交出的髮夾算數！

這條規則是我想的！畢竟花灑同學有時候會動粗嘛。

雖、雖然這同時也有種狂野而帥氣的感覺啦……

8. 輸掉的一方，絕對要接受處罰！

■ Cosmos 同學的評語

花灑同學！不要只顧著 Pansy，也要為小櫻著想啊！小櫻很怕寂寞的！小櫻真的好喜歡你啊！

第二章

大家好，我是花灑。

今年是近年罕見的炎熱，不知道各位讀者貴體是否安康。

我現在總算成功抵達一壘方向看台。

哎呀～～……真的好艱辛啊……

到甩掉 Cosmos 和葵花這一步都還算順利，但後面就出了問題。

為防萬一，我請烤雞肉串店的小哥讓我躲一下，結果他說：「我都幫了你，你也要幫我。」弄得必須不折不扣地支付代價，進入意想不到的叫賣烤雞肉串時段。

小哥的部下負責烤雞肉，我負責飲料，這種美其名叫作分工合作的監視，讓我完全不可能逃走。也因為這樣，導致計畫有了嚴重的延遲……

「各位！首先由西木蔦高中進攻！大家努力為他們加油吧！」

現在是下午一點四分，啦啦隊隊長莫名用大小姐口吻的聲音迴盪在觀眾席。

「「「「「「GO！GO！西木蔦！安打安打西木蔦！」」」」」」

啦啦隊隊員配合管樂社的音樂，跳起輕快的舞蹈。

不時露出的大腿相當美妙，但我完全沒有心思欣賞。

此外還可以看到許多參加運動性社團的學生利用平常鍛鍊出來的身體，全力為棒球隊加油。

既然是為棒球隊加油，我也有自信不會輸，但畢竟我都已經說今年不加油了啊。唉……好想去加油啊……

而且，我明明早在比賽開始前兩個半小時就已經來到球場，沒想到竟然會失去這所有的時間……比賽，還有我跟水管的對決，都已經開始了啊……

……不過，為過去的事情一一後悔也無濟於事。看我現在就去把延遲的份追回來！叫賣結束了！也就是說，我現在完全是自由之身了！

……所以呢，就趕快進入揭曉謎底的時間吧。

我的計畫就是「在水管不在場的時候說服其他女生」。

要顛覆現階段壓倒性的莫大差距，就只有這個方法。

要是不做準備就馬上和水管開始對決，我必輸無疑。

本來我是想利用對決開始的這兩週時間進行準備，但這幾個實在太可靠的女主角拚命對我設下天羅地網的監視，我當然不可能進行什麼準備。

到了決勝當天，我就得利用好不容易得到的這少許時間，成功說服她們才行。

然後，我要一直避開水管，拖到九局上半或下半才和水管碰面，進行髮夾的交付。

……狀況不允許失敗。現在講這個也是提早爆料，坦白說我除此之外已經完全沒有其他計畫了。

現階段，水管拿到的髮夾數量是葵花、Cosmos、翌檜給的「3」。

相較之下，我還沒收到任何人的髮夾，所以是「0」。

即使西木蔦高中贏得地區大賽的決賽，我的持有數也只有「1」。

要彌補這令人絕望的差距，唯一的手段就是避開追蹤者，說服其他女生。

要是說服失敗，我就必輸無疑。

如何？這是遵照規則進行的非常正當的計畫吧？

好了……那我要開始啦。

「……在。而且，剛好沒有其他人。」

我查看找我的人在不在，並且發現了一個女生。

要是被別人發現就棘手了，所以我急忙衝到這個女生身邊。

「呼……呼……嗨，Pansy。」

一壘看台最上排的座位。

坐在那兒看比賽的 Pansy 今天是做辮子眼鏡打扮。

去年她是以真面目示人，所以如果可以，我是很希望她今年也以這個模樣出現……

但我已經好一陣子沒和 Pansy 這樣面對面說話，有點緊張啊。

這兩週來，因為有這場打賭等等的事情，我一直不太敢跟她直接說話……

「哎呀，花灑同學，看你性興奮成這樣，是怎麼啦？哎呀，真希望你能看一下時間跟場合呢。」

「把我的緊張還給我！這幾句話我原封不動還給妳！」

「這可以解釋為我們兩情相悅，沒有問題吧？」

「如果妳不肯解釋為我現在沒這個心情，那就滿滿都是問題！」

「也就是說，等你有這個心情……我愈想愈心動了呢。」

喂，別用這模樣給我忸忸怩怩。

「妳就沒有其他話要說嗎！」

「我最喜歡你了。真的，非常非常喜歡你。」

「……也不是這句吧……」

嘖。水管他們不在，她就一副要把先前累積的鬱悶都一吐而出的模樣，對我展開了最直接的攻勢……真是棘手……

「那麼，你找我有什麼事？」

「那個，怎麼說……我是來找妳談髮夾的事。」

「……是嗎？」

「我打算一直避開水管他們，直到棒球比賽分出勝負的最後一刻為止。然後啊，等我最後碰到水管，到時候可以把妳的髮夾交給我嗎？」

只有 Pansy 的髮夾萬萬不能交到水管手裡。

即使我輸了，只要 Pansy 把髮夾交給我，應該就多少能讓水管知道 Pansy 的心意。

這樣一來，即使演變成最壞的情形，我再也不能和 Pansy 接觸，也可以對水管形成一股遏止力。因為這等於是逼他面對他喜歡的女生選了我這個事實。

「…………我不知道。」

嗯～她好像有點沮喪，大概是因為仍然在意水管吧？

「妳的心情我懂。只是啊，跟水管這件事——」

「『這種事根本不重要』。」

「咦？」

怪、怪了？我還以為她說不知道，意思是因為顧慮到過去受水管等人幫助的恩情，說不定會把髮夾交給水管，原來不是這樣？

「我說啊，花灑同學……你怎麼看待我？」

「怎麼看待……幹嘛突然問這個？」

「沒有突然。我不是一直都讓你知道我的心意嗎？所以，我想知道你的心意。畢竟……我非常不安。」

「唔！」

平常明明很少有什麼情緒起伏，不要偏偏在這種時候露出這種不安的眼神好不好？

啊～～！總覺得胸口好熱！我看不是因為觀眾太熱情，就是高掛在天上的太陽害的。

「那、那個……」

「那個？」

……我該說嗎？可是，我還沒回答 Cosmos 她們的表白。

目前是請她們等到這場對決結束。

所以只回答 Pansy 實在有點……

「……時間到嘍。我想你最好趕快離開。」

「時間到？這話怎麼說？」

「看看你身後。」

身後？為什麼突然……等等，呃～～～～～～！

是水管！水管一路找我找到一壘方向看台來了！

平常完全無法想像他的腳步會這麼嚴厲，這是怎樣？用音效來形容，就是會發出「唰！唰！」的聲響。

有夠帥氣的耶！幸好他還沒發現我就是了……可惡！

我在打到九局之前不能見到他……現在也只能先跑了……

「……不好意思。」

「你這是針對哪件事道歉？」

「…………我現在沒辦法回答……總之，我先走了。」

「知道了。」

「啊！堇子，妳有沒有看到花灑？我還想說他應該就在這附近呢。」

「你說呢？」

「……這樣啊！謝謝妳喔！那等妳看到他，可以跟我說一聲嗎？」

「我盡量。」

真的是驚險過關。我總算勉強趕在被水管發現之前溜走，就這麼從出口離開看台，在球場內的通道全力奔跑。

到頭來，說服 Pansy 是以說不上成功或失敗的結果作收。

可是我已經知道要如何才能拿到 Pansy 的髮夾了。

光是這樣就可說已經得到足夠的成果。

只是，要辦到這件事，我似乎就得做出各種覺悟啊……

＊

「……危、危險……」

我總算沒被水管發現，躲開他啦……

可是，我搞砸了。我跑得太匆忙，在路上撞到了西木蔦高中的一年級生。

這可對不起她了，畢竟我害她買來的飲料都灑到地上。

我姑且有給她零錢請她買新的，但原本是不能就這樣了事吧。而且我也被罵得好慘……

要是下次還有機會遇到，可要好好致歉。

但眼前我得先忘了這件事，趕快去說服其他女生才行啊……怪了？

「咿！……嗚哇啊啊啊！」

怎麼球場的通道有個五歲左右的雙馬尾幼女在哭哭啼啼的……

「嗚嗚～～……姊姊，妳在哪裡～～？」

原來如此！是走失了啊！真是可憐……

「人家好寂寞喔～～……好怕怕喔～～……」

別擔心，不必這麼害怕。世界充滿了美好！

想必會有人來幫妳的！妳的可能性有無限大！那麼，就這樣……

「喂，幼女，妳在找妳姊姊嗎？」

可惡啊啊啊啊！我好想見死不救！我是真的好想見死不救啦啊啊啊啊！

「啊嗚？……我不是『幼女』……是『曜子』。」

都不重要啦，我又不是在叫妳名字。

但若是我這麼說，她大概又會哭鬧起來，所以……

「這樣啊。我說曜子小妹妹，大哥哥幫妳一起找姊姊。」

「嗚嗚……可是，姊姊說，不可以跟不認識的人走……」

「我是如月雨露。妳看，這樣妳就知道我是誰了吧？」

「雨露……露哥哥……」

馬上給我戒掉這種叫法。這樣日文唸起來就跟拍攝某種影片的「汁哥哥」一樣，總覺得很猥褻耶。

「差、差不多就是這樣啦…………好啦，我們走。呃，曜子小妹妹，妳最後跟姊姊在一起走到哪裡？」

「嗯……到那裡。」

幼女也就是曜子小妹妹，手指朝三壘方向看台一指。

好死不死，竟然是替唐菖蒲高中加油的座位區喔……

「這樣啊。那我們就過去那邊看看吧。不用擔心，包在大哥哥身上，一定會讓妳見到姊姊的。」

「……嗯！謝謝你，露哥哥！」

這個時候，似乎是我親切的微笑奏效，曜子小妹妹破顏一笑，用力抓住了我的手……不妙啊，這下要是被別人看到，可非得拔腿就跑不可了……

「好！那我們趕快去找妳姊姊吧！」

我忙得額頭冒汁，但還是用笑容掩飾，跟她要好地一起走。

曜子小妹妹似乎放了心，用軟嫩的手用力抓住我。

「哇～～！」

如果可以，我是很想叫她別抓我的手，但顯而易見，這話一出口的瞬間她就會嚎啕大哭，所以我就維持這個狀態走向三壘方向看台。

「非常謝謝你！如月同學，多虧你帶我妹妹來找我！」

「謝謝露哥哥！掰掰。」

「沒什麼！可別再走丟了啊！」

……太好了……真的是太好了！

我總算沒被任何人發現，把曜子送到姊姊身邊了！

一路上我真的忐忑不安！所幸唐菖蒲高中的女學生——曜子的姊姊，不是留在看台上，而是來到通道上尋找妹妹！

而我也就順利發現了在自動販賣機附近四處張望的她！

沒想到我運氣真好！哎，平常那麼不幸，有這點好運應該不為過吧！

好～～！那我就趕緊離開這——

「原來花灑仔遠比我想像中要善良啊！」

想也知道這種幸運不會降臨到我頭上！該死！

「妳、妳好啊……Cherry 學姊。」

我早知道了！畢竟在我和曜子姊妹說話的時候，她就一臉賊笑得有夠誇張的表情，甩動墨魚圈髮型靠過來了嘛！

我都已經做好覺悟，目送那對姊妹離開後，就在自動販賣機旁邊待命了！

「哎呀～～！聽到本校學生的妹妹走丟的消息，我就幫忙找了一下，沒想到她妹妹竟然會和花灑仔一起出現嘛！」

不愧是唐菖蒲高中學生會長，一邊解決學生的煩惱之餘，還提供我天大的煩惱，這規格實在不得了。

「多虧那孩子，我才找到了花灑仔，這應該算是很幸運吧！」

我的幸運到底是什麼呢？

「好了……那我馬上逮住你喔！」

行動也太快啦。不要把「逮住」這種平凡高中生活裡根本沒什麼機會聽到的字眼說得這麼若無其事。

「請、請等一下啦！我根本沒說我要跑啊！」

我、我要冷靜！認為被 Cherry 發現是不幸，未免太早下定論了。

畢竟她是一個人來找我！而且，既然已經交出髮夾的 Cosmos 她們都不在，這根本就是說

服的好機會！

「咦？你不跑嗎？」

「是。那個……因為我本來就打算等見到 Cherry 學姊就要跟妳談談……」

「真的？我倒是聽說你濫用翌檜仔訂的規則，到處逃竄呢。」

雖說我實在是太自作自受，但得不到信任很令人難過……

「這、這只是針對 Cosmos 會長她們，我本來就打算等見到 Cherry 學姊，就要跟妳單獨談談！」

「見到我就要跟我單獨談？……嗯。」

喂，最後那一聲是怎樣？妳就那麼討厭跟我單獨談話？

「……算了，我就忍耐忍耐吧。總比為了逮住花灑仔，必須碰到身體好……」

您願意接受妥協方案，實乃萬幸……下次給我記住。

「那麼，我跟水管仔也聯絡過了，在他來之前，就聽聽你要說的話吧！」

突然採用了時限制！

慘了……不趕快進行說服，水管就會來到這裡……

「呃，Cherry 學姊是想把髮夾交給水管吧？」

「那當然！因為這樣一來，水管仔就可以和堇子仔交往——」

「也未必吧？」

「……是喔？你為什麼這麼想？」
哼哼，瞇起眼睛懷疑地看我也沒用，妳已經墮入我的計策啦！
「我就坦白說了，Pansy 很討厭水管。所以，即使到時候是我不能再接近 Pansy 跟她說話，他們兩個不交往的可能性還是很高。」
所以呢，妳最好死了這條心，去實現自己的戀情。
然後為了達到這個目的，馬上把髮夾給我……
「可是，可能性不是零吧？既然這樣，之後就只差我們的努力了！」
這個女的，正是愛情喜劇創造出來的亂象。
她是專業第二女主角。
「我說啊……妳為什麼要為了水管做到這個地步？」
「之前我不也說過嗎！是因為我最喜歡水管仔了！」
嗯，我知道，之前我也聽妳說過。可是啊，其實我話還沒說完。
「既然這樣，要是水管和 Pansy 成了男女朋友，妳要怎麼辦？妳還是打算繼續喜歡水管，維持像現在這樣的關係嗎？」
水管和 Pansy 開始交往的瞬間，妳們兩個就會從第二女主角降格為礙事的貨色耶。
「啊哈哈哈！再怎麼說，我也不會那麼痴情吧！我想想～～要是他們兩個成了男女朋友，我就會離開水管仔！」

「那之後妳打算怎麼做？」

看，妳的未來是一片黑暗吧？

所以呢，為了得到光明的未來，這次一定要把髮夾給我……

「我當然是要結束現在的戀情，試著談新的戀愛啊！」

原來妳看得開啊！真是靠得住！

「是、是這樣嗎……」

「嗯！我是這麼打算！」

為什麼妳可以用這麼燦爛的笑容去面對黑暗的未來呢？

「話說回來，水管仔好慢喔～我是已經聯絡他了，他卻還沒來。」

不妙啊……從我和 Cherry 開始說話算起，已經過了不少時間。

現在差不多該撤退了……

「呃……Cherry 學姊，那我先……」

「嗯！也差不多該聊完了，跟我一起等水管仔吧！」

我沒說這種話啊？

「啊！對了！也得聯絡其他人才行啊！」

呀啊啊啊啊啊！為什麼狀況會自己不斷惡化啦！

怎、怎麼辦？照這樣下去，不只是水管，連其他人也都會跑來！

到時候別說是說服 Cherry，連要跑掉都不可能啊！既然這樣……

「怪了～～？花灑仔，你該不會是想跑？如果是這樣……」

不妙！她察覺到我的動向，張開雙手，開始準備逮住我！

「請、請等一下！Cherry 學姊，我不會跑！我真的不會跑！」

「真的嗎～～？坦白說，有夠假的耶。」

不行了……Cherry 似乎已經沒有半點要相信我的意思……

既然這樣，就沒辦法了……

雖然從社會觀感而言，這個手段是各種糟糕到出局，但我非用不可了……

我和 Cherry 目前在球場通道的自動販賣機旁邊。事實上，這是有原因的。

我絕對不是放棄逃走才待在這裡，而是為了利用有很高機率存在於自動販賣機旁的物體才會留在這裡！我朝四周一瞥，還有路人經過。

「雖然很不想這樣……嘿！」

我才想到這裡，Cherry 就奮力抱住我的右手想逮住我。

……一切都按照計畫！

「哼哼哼……逮到了……啊啊啊啊！」

「哼嘿嘿嘿嘿……謝謝學姊逮住我！」

我被抓住的瞬間，利用還能自由活動的左手猛力一抓。

……………抓在 Cherry 的胸部上。

「呀啊啊啊！你做什麼啦！」「嘻噗啊！喔噗斯！」

喂！哪有打完巴掌後還往肚子補上一腳的啦！本來我還打算只被打一巴掌，然後就有點誇張地倒地，這下豈不是被強制打得往後飛了嗎！

……也就是說，結果完全沒有問題！

畢竟多虧她這兩下才會一起倒下……和自動販賣機旁邊的垃圾桶一起翻倒！

「變態！竟、竟然對女生重要的部位……你真的、真的！是個變態臭豬！」

Cherry 用力抱緊自己的胸部，對我極盡謾罵之能事。

呴嘻嘻……看來她方寸大亂，都沒發現自己受到眾人矚目呴呴。

「咦？那個唐菖蒲高中的學生，是不是弄倒垃圾桶了？」

「哇～～空罐都滾出來了……是要怎麼收拾啦？」

呵！畢竟我早就先確定附近有人在了。

而且我的存在感這麼薄弱，又小心避免在摸胸部時被他們看見！

「痛痛痛……Cherry 學姊，妳怎麼可以弄倒垃圾桶呢～～」

「……咦？是、是我？呃……啊！」

Cherry 因為集旁人目光於一身而慌亂起來，慌到一半又轉為驚覺不對的表情。

看來她發現了我的圖謀啊。

沒錯！我啊，就是要趁妳忙著收集從垃圾桶打翻的空罐時逃走！哼哈哈哈哈！

「正經的唐菖蒲高中學生會長，竟然會做出這種事情啊～～！這樣不行啦！不行！我要跟老師說～～！」

「你、你……真的好卑鄙。我覺得你這個人真的爛透了……」

少囉唆，妳這白～～痴！我哪有心情去管妳怎麼評價我！

「啊，我想上廁所，就先走一步啦！那妳努力收拾吧！」

「給我慢著！啊啊！真是的！花灑仔，下次你可別想跑掉！」

我轉身逃走，她嘴上就不再說，但身體倒是在動。

身為學生會長，以及雖是間接但終究弄翻了垃圾桶的事實，這兩件事綁住了 Cherry，讓她急忙撿起我弄翻的空罐丟回垃圾桶。

因此，我就不客氣地趁機逃走了。

Cherry……關於說服妳這件事，雖然現在失敗了，但我可看見了光明。

等比賽進行到九局，勝敗之差在毫釐之間的時候，就有可能說服成功。

所以，我沒必要繼續和 Cherry 說話。

展開說服下一個女生的行動吧……

＊

好了，我就針對計畫的進行狀況再講解一次吧。

現在，水管持有的髮夾總數是葵花、Cosmos、翌檜給他的「3」個。

相較之下，還沒有任何人給我，所以我是「0」……看似如此，實際上卻是「2」。

這是指有望取得的數量。說穿了，也就是在和水管對峙時，我應該能取得的髮夾數量。

雖然絕對還算不上是反敗為勝，但比起最初那絕望的狀況已是大有斬獲。

只要能再和一個人說好讓我得到髮夾，我手上的數量就會追上水管……

雖然不知道會不會順利，但既然不容許失敗，也就非做不可。

現在三壘方向看台那邊有Cherry在，眼前還是……【嘩啊啊啊啊！】

「是、是怎樣？比賽出了什麼狀況嗎？」

突然間，盛大的歡呼聲從看台一路迴盪到通道。這怎麼想都覺得一定是發生大事了。

不妙！我超想知道的啦！

怎、怎麼辦？本來我應該繼續進行計畫，但好想去看一下比賽！

……不對，這樣不行。我說過不幫小桑加油了耶～

好煩惱啊……我想看得不得了耶……

「嗯～～該怎麼辦好呢……」

「花灑，你還好嗎？看你好像有煩惱……」

「嗯，我沒事。只是在猶豫要不要去看比賽情形……嗯？」

咦？背後有人跟我說話，我就回了話，但到底是誰找我說話？

……不會吧～～！不，怎麼可能會有這種……呀啊啊啊啊啊啊啊！

「嗨，花灑！竟然會在這種地方遇到，好巧啊！」

我搞砸啦！好死不死，這下可撞見不得了的傢伙啦！

要是我沒猶豫要不要看比賽，趕快移動，就不會……

「嗨、嗨，水管。好巧啊……」

就不會撞見這個有著燦爛笑容，人稱主角的人物了……

不妙啊……我是想拔腿就跑，但沒把握跑得掉。

畢竟我在運動方面也一樣贏不了水管……

水管是我的向上相容版，體能當然也比我優秀。

在忙圖書室的業務時，我可就深深體認到這一點……

有一次，我們兩個同時發現女生有東西忘了帶走，用跑的追上去，結果水管以壓倒性的差距先追上女生，還她忘的東西，還順便製造了一個墜入情網的少女。

又有一次，我們兩個同時發現有個女生快要從踏凳上跌落，上前去救她，結果水管以壓倒性的差距漂亮地接住她，就這樣，又誕生了一個墜入情網的少女。

總之，這個墜入情網少女製造機，無論體能、愛情喜劇力，全都讓我一敗塗地。

所以，我明明得躲到最後關頭，在這之前都萬萬不能撞見水管……

「就是啊！好巧啊！竟然在這種地方遇到你，真是太幸運了！」

咿～～～！今天他燦爛到爆的表情也是好可怕啊！

明明遇到對決的對手，你為什麼顯得這麼高興？

「就、就是啊！……好～～！要開始比個輸贏了～～！啊，我太疏忽了！最重要的是，要交出髮夾的大家都不在嘛～～！那就先聯絡她們……」

這個時候就先假裝要聯絡 Cosmos 她們，然後再聯絡有不和同學和部江田同學……

「那就由我來聯絡，包在我身上！因為大家也要我看到花灑的話就聯絡她們！」

真是會給我找麻煩到了極點！真的不要這樣自然而然，不帶惡意地限制我的行動啦！

「我一直想趕快比個輸贏，卻都遇不到花灑，所以好傷腦筋呢～～！」

要是馬上開始比，我當場就會輸了啦！我就是為了避免事情變成這樣，才會去說服其他女生！

「還是說，你還有別的事情要做？只要是我能力所及，我會幫忙的！」

你哪能幫忙？白痴！

哪個世界會有人去幫忙別人把自己拉下來啦！

「不、不用了！我剛剛只是在和 Pansy 說說話，也跟 Cherry 學姊說說話……」

「……咦？跟菫子？……哦～」

啊，他變得有點不高興了。一牽扯到 Pansy，這個人就會透出點人味啊。

「這搞不好也就是說，你是在拜託菫子把髮夾給你？」

你好歹也對 Cherry 多一點興趣！

她為了你這麼努力，不要忽視她！

「這可不能告訴你啊。」

……不要怕。既然撞見了，就盡可能讓他動搖。

這小子就是喜歡 Pansy。所以，他對 Pansy 的髮夾會交到誰手上應該在意得不得了。說不定，這當中就會出現可乘之機……

「呿，好遺憾喔。算了，都無所謂啦……」

「……什麼？」

啥？怎麼我好像聽到他剛剛說出了一句令我難以置信的話？

「不就是這樣嗎？要是菫子的髮夾交到你手上，的確會讓我很受打擊，可是終究只是一個。如果只有一個，就仍然是我占上風嘛！」

這孩子滿臉笑容在說什麼鬼話？

「不、不對，那可是 Pansy 的髮夾耶。」

「嗯，是這樣沒錯，這又怎麼了嗎？」

「你還問我怎麼了……」

喂喂，這小子……我本來就覺得他遲鈍，沒想到竟然遲鈍到這個地步？

虧我還覺得 Pansy 的心意才是最重要的，但照這樣看來，即使得到 Pansy 的髮夾也完全起不了作用啊……

「算了，有什麼關係嘛！畢竟我已經找到你了，差不多該和大家聯絡了！」

「也、也對……麻煩你了。」

咿～～～我試著拖延談話想找出活路，但什麼都找不到……

如果維持現狀，我贏水管的機率相當薄弱……但並不是零。

雖然相當危險……既然這樣，也就只能硬著頭皮拚個輸贏了！

「奇、奇怪？原來球場的通道收不太到訊號啊……抱歉，花灑，我去一下看台那邊打個電話，可以請你在這邊等嗎？」

水管左手拇指與中指互搓，說出這樣的話。

「……咦！好、好啊！知道了！」

這是什麼特別大優待！竟然會發生這種美妙到了極點的事情！

畢竟這可是水管自己要丟下我離開啊……

「對不起喔。那我去去就回來……唉……運氣真不好啊……唉唉唉……」

慢走！

……那麼，等他的身影消失～～…………快跑啊～～～！

我當然以全力奔跑了。就在再也看不見水管背影的瞬間。

真的，真的有夠危險的，但我終於奇蹟般靠著水管的善意跑掉了！

這就是所謂因應劇情需要嗎！偶爾來一下還不壞啊！

哎呀～～！球場的通道竟然會收不到訊號，真是幸……【震動震動】。

……啥？有人打電話給待在球場通道的我耶。

呃，是誰打來的？……是Cosmos！

「……喂？」

『嗨，如月兄！早先與您走散，所幸現在聯絡上了！其實不瞞您說，在下改變心意了！在下決定助您一臂之力！』

……唔。她緊張起來在演戲，所以變成了武士口氣。

也就是說……她是打算騙我，然後逮住我吧？

『來，如月兄！我們齊心協力吧！只要有在下，不下百人……不，不下十人之力！』

還變少了咧。我說什麼也不會跟妳齊心協力啦。

『破亞（Haah）……破亞（Haah）……腐腐腐（HuHuHu）……』

電話另一頭傳來Cosmos的喘氣聲，讓人想假借漢字來狀聲，還順便腐起來了……

倒是關於這個武士，馬上掛電話也有點可惜啊，畢竟機會難得……

「謝謝會長！那我們就在外野方向看台會合吧！」

『實乃無上榮耀！兄台的指揮真是精彩萬分！』

對吧？雖然我要去的地方是一壘方向看台啦。

「我就在那邊等妳！啊，這件事可以請會長保密，別和其他人說嗎？」

『遵命！在下秋野櫻，謹以此身此心為誓，絕不洩漏此情報！』

成了成了……這樣一來，其他人應該也會跑去我根本不在的外野方向看台吧。

『哎呀，這可不成！看來在下的智慧型手機似乎有點毛病……不知可否讓在下暫且掛斷電話……？』

可可可。

在下正希望妳趕快把假情報透露給大家呢。

「好的！」

『那麼……暫且別過！』

好的，辛苦了～

哼！就算妳這個學生會長再優秀，也別以為要比爾虞我詐會贏得了我！

妳是個老實的純情少女，好好體認一下妳不是什麼事情都拿手吧！

我好不容易才跑掉，哪能這麼簡單就被逮到！

【我邂逅的第二個女生】

——大賀太陽　高中二年級　四月。

我上高中後又有了新的戀情。

去年夏天……我在地區大賽的決賽中輸球之後，回家路上認識了三色院菫子同學。

三色院同學真的是嚇了我一大跳。

她平常一點也不起眼，其實是個超級大美女。

可是，還請不要誤會。

我絕對不是受她的外表吸引才會墜入情網。

雖然外貌的確是讓我對她產生興趣的起因。

畢竟自從知道三色院同學的祕密以來，每次我在走廊之類的地方遇到她，視線都會忍不住跟過去。

這樣的日子過了一陣子，我在她身上發現了一個……不可思議的地方。

那就是，三色院同學是個徹底「不讓任何人喜歡自己」的女生。

是個理由和我與花灑都不相同，但同樣在偽裝自己的神祕女生。

不知道三色院同學在想什麼，不知道三色院同學發生過什麼事。

這樣的念頭每天想著想著，不知不覺間，我已經喜歡上她了。

每個人戀愛的起因都不一樣，但仔細一問，往往多半都是從一些小地方開始。

我就是個好例子。畢竟我就是自己想著這個女生，想著想著就喜歡上她了。

只是，我從來不曾主動找三色院同學說話。畢竟，我是個膽小鬼。

和「她」那時候的情形一樣。在交情夠好之前，我就是沒辦法主動找對方說話。

可是這麼沒出息的我，卻有個意想不到的機會從天上掉下來。

葵花和 Cosmos 學姊。花灑很放在心上的這兩個人對我懷抱戀愛感情，而花灑就在當她們兩人的戀愛軍師。

他簡直成了國中時代的我。

花灑，你一定很難受吧？不管多麼拚命，心意都沒辦法讓對方了解、發現。但為了不讓自己變得更悲慘，只能繼續扮小丑，這樣很難受吧？

我作夢也沒想到對花灑報仇的機會，還有和三色院同學混熟的機會，竟然會同時來到。

那麼，我該做的事情就只有一件。

只要讓花灑幫忙我實現戀情就行了。

然後再把這件事告訴葵花和 Cosmos 學姊，花灑應該就會失去立場。

我不去正視自己利用了她們兩人心意的罪惡感，以「小桑」的立場拜託花灑。

拜託他撮合我和三色院同學。

可是，這個時候發生了我意料之外的事態。花灑拒絕幫助我。

我萬萬沒想到事情會演變成這樣，內心可慌得厲害了。

所以，我情急之下換了個手段。

「這樣啊……那就沒辦法了啊……啊，可以問你一個問題嗎？」

在體育館外被拒絕的我對花灑問了一個問題。

問了一個為了陷害他而問，會奪走他一切的惡劣問題。

「怎麼啦？」

「就是……在棒球比賽裡啊，如果來到一旦被打擊出去就會輸球的大場面，碰到對方球隊的第四棒，該怎麼辦才好？你覺得還是保送比較好嗎？」

問這個問題，花灑應該就會老實回答。到時候我再把他的回答扭曲成戀愛方面的意思，告訴 Cosmos 學姊和葵花就行了。這樣一來……你就玩完啦。

「也是啦。換作是我，也許會選擇保送……可是，小桑你不一樣吧？」

不一樣？你這話是什麼意思？

「信賴與努力。相信伙伴與自己先前的努力，不管什麼時候都不逃避，全力投球。這才是小桑吧。」

噢，也對……你說得對……「小桑」的確是這種人……

「就是說啊！果然是這樣啊！謝啦，花灑！能聽你這麼說，我有夠高興的啦！」

可是啊，花灑，你要記住，「大賀」不是這種人。

「大賀」是個完全不信任別人，卑鄙又狡猾的人。等你發現這點時，已經太遲了。

因為到時候，這間學校裡將再也沒有任何一個人會相信你……

…………然而，結果我這個圖謀失敗了。

我又輸給了花灑……

連高中時代喜歡的女生——三色院同學，也一樣喜歡花灑，而且還發現了我的祕密，在圖書室揭穿了一切，就在花灑面前……

「所以你要給我好好去跟她們道歉……知道了嗎？」

「知、知道了，我會好好道歉。我真的……覺得自己錯了。」

我激怒了顯露本性的花灑，被他激烈地責難，只能沒出息地照辦。可是聽到他這句話，我忍不住產生了一個疑問。

的確，我是該對花灑所說的「她們」……該對葵花與Cosmos學姊道歉。

可是，花灑自己呢？我這番圖謀最大的受害者，無疑就是花灑自己，但這小子對自己卻提都沒提嘛。

「……可是花灑，你要怎麼辦？」

我想了一會兒後得不出答案，忍不住對我最應該恨的對象尋求答案。

花灑到底在想什麼？我就是想知道這點……

「我就算了啦，我的情形本來就是所謂的自作自受。而且，要是真的去改善了我的狀況，小桑你的立場不就會變得很麻煩？所以，今天這件事我不會對任何人說起。這算是我們朋友一場的情分。」

花灑……你為什麼就是這樣？為什麼能夠做到這樣？

你每次都是這樣。國中時代，有人背地裡說我壞話時，也是主動去責備對方……

「……是嗎？我『又』被你……」

我和花灑，為什麼會有這麼大的差別？我們到底哪裡不一樣？

我們明明都是人，卻完全不一樣。說來理所當然，卻不是理所當然。

我徹底體會到自己是個渺小又悲慘的人。

「就這麼回事，小桑，拜託你保密啦。」

「嗯、嗯……知道了。可是啊，花灑……」

「嗯？怎麼啦？」

「…………告訴你，我可還沒輸給你。」

還沒完呢……我哪能就這麼一路輸下去！

該爭的一口氣絕對要爭到底。所以，不能讓你救我，要由我來救你。

我想到這裡，隔天在班上對大家揭穿了一切，下跪磕頭。

我本來還以為「小桑」這次一定玩完了，但似乎是誠心誠意表明心意的這點奏效，同班同學第一個反應不是對我發怒，而是對花灑有了罪惡感。

也多虧這樣，狀況並未如預期中嚴重，我也得以和學校裡那些人建立和以前沒什麼兩樣的關係。

只是，這也讓我再也沒辦法和花灑還有三色院同學說話……

☀

——現在。

「是的，三局下半紮實地壓制住三名打者的表現，四局上半輪到我們西木蔦高中進攻！目前西木蔦高中與唐菖蒲高中都沒有失分，比分是0－0！打出安打的打者，只有唐菖蒲高中的四號打者特正北風！所以，這次換我們還以顏色吧！正好已經輪過一輪，從一號打者開始上場！我們要加倍奉還！唔哼～～！」

蒲公英特地用講解的語氣說起比賽過程，到底是在說給誰聽啊？

我倒是覺得這些事情在場的所有人應該都知道啦……

「所以呢，一號打者樋口學長，二號打者穴江學長，輪到你們出場了！還請兩位加油！

努力的結果，能夠換來成功的人就是『天才』～～！所以，大家一起當天才吧！」

好高竿啊。她改了一下鈴木一朗的話，拿來幫我們加油？

不只是對棒球，對球員也很了解，看來她真的有在好好學啊。

「啊，大賀學長請盡量休息，多恢復一點體力！來，休息休息！」

「哈哈！不用擔心啦！今天的我狀況可是好到最高點啊！」

「還、是、一、樣！比賽還很長，萬萬不能輕敵啊！唔哼～～！」

真是的，這丫頭就是愛擔心。那我就聽她的話，乖乖休息吧。

「…………」

「嗯？怎麼啦，芝？」

「……沒事。」

芝在看我，所以我就問一聲，但他只用力撇開了視線。

也好，從芝不像平常那樣無謂地回嘴這點看來，他多半也明白現在是比賽中。既然這樣，我也就別在意芝，專心比賽吧。

……話說回來，還真的完全聽不見花灑的聲音啊。

也是啦，他現在根本沒空來加油。

畢竟他正和水管進行一場以 Pansy 為賭注的無聊打賭……

不巧的是，我並不站在支持他的立場，所以不會為他加油啦。

這部分我們不就是彼此彼此嗎？現在還是專心比賽……

「好～～！既然是樋口學長……唔哼！唔哼哼唔哼！唔哼～～！」

蒲公英，妳為什麼突然從板凳區跑出去，朝一壘方向看台跳起這種莫名其妙的舞？

「「「「「「Let's go，樋口！大棒一揮！打出安打就在你臉上親親！」」」」」」

唔哇！啦啦隊的加油口號忽然改成樋口版了耶！

難不成剛剛那段不是在跳舞，是在打信號？

「…………！」

樋口熊熊燃起鬥志，一副隨時都會打出全壘打的感覺。

「唔哼！完美！果然一起先練過各種版本真是練對了！」

「我、我說啊，蒲公英，妳剛剛跳那個舞，是在指揮啦啦隊？」

「竟然會注意到這點，大賀學長真有一套！學長說得沒錯！我身為球隊經理，為了對大家送上最高品質的加油，只用動作就可以對啦啦隊隊員下達各種指示！唔哼！」

該怎麼說，蒲公英和啦啦隊都好厲害啊……

至於這到底是不是棒球隊經理必備的能力，就先不談了……

「啊啊！好可惜！」

第三球，一號打者，三年級的樋口學長，往三壘手與游擊手之間打出強勁的一球，可惜還是出局。

游擊手飛身接住球，傳往一壘。漂亮的守備。

「不好意思，蒲公英……可惡！臉頰親親沒了……！」

「不要放在心上！樋口學長！只差一點點了！看樣子，下次就打得出安打了！」

樋口已經回來，所以換二號打者穴江站在打擊區，三號打者芝走向打者等候圈。

「「「「「揮棒揮棒穴江！打出安打就約會！遊樂園！水族館！」」」」」

蒲公英的動作指揮下，啦啦隊隊員喊出穴江版的加油聲。

這一喊我才想起，穴江之前就說過：「好想跟女生去遊樂園或水族館約會啊。」為什麼蒲公英會知道得這麼清楚呢？

「不行！糟、糟糕了！」

這個時候，發生了對球隊而言值得高興，對打者而言卻很難受的事態。

二號打者，二年級的穴江被投了觸身球，上壘了。

「嗚嗚嗚……遊樂園……水族館……這算是安打嗎？呼～～呼～～……」

穴江變得有點像殭屍，但還能好好走路，看來是不要緊……太好了。

「嗚嗚……穴江學長，我們不會忘了你的。」

蒲公英，不要擅自殺了穴江……不管怎麼說，這是好機會。

即使芝出局，也輪得到我打擊。如果這個時候拿得到一分，意義可就相當重大。

畢竟我一分也不打算讓對方拿到，而且對方不愧是棒球名門學校，投手相當優秀，沒這麼簡單讓我們拿分。

所以先拿到一分的球隊，多半就會成為這場比賽的勝利者。

「好啊！我上場啦！」

「好的！大賀學長，請加油！」

我心中懷著些許昂揚，走向打者等候圈。

來看看芝這次打擊…………你搞什麼鬼？

「好球！」

對第一球全力揮棒。

芝朝著任誰都看得出是壞球的球全力揮動球棒。

對喔，芝在第一打席時也做了類似的事情。

不管對方投出什麼球都用全力揮棒迎擊，然後三球三振。你又要重複這種情形？

「好球！兩好！」

芝……你想打長打，這種心情我懂，畢竟你是三號打者嘛。

可是啊……你好歹也慎重一點。

你的企圖，對方也都看出來啦……照這樣下去……

「啊啊！芝學長！」

響起「鏗」一聲金屬球棒的悶響，緊接著聽見蒲公英的喊聲。

芝打出的球飛向二壘正面，這也意味著……雙殺。

就是因為連那麼明顯的壞球都打才會弄成這樣。

「……怎樣啦？」

芝從一壘回來，似乎注意到我的視線，一臉懊惱的表情這麼說。

「為什麼做出這種亂七八糟的事情！」想這麼喊的心情湧起了一瞬間。

但我立刻壓下這種心情。

「這沒什麼！別在意啊，芝！」

「……哼。」

芝不相信我，所以才會想自己拿分。

這種心情我懂……因為如果立場對調，我大概也會做出一樣的事情。

我說啊，芝，我們兩個明明是投捕搭檔，卻完全不信任彼此啊……

我都知道……我知道我人生中最初也是最重大的不規則彈跳球……國小時代的那個失敗到現在還有後遺症，在扯我的後腿，也扯西木蔦高中的後腿。

【三壘方向看台　某幾名少女的談話】

「葵花，有看到花灑嗎？」

「沒有，翌檜，沒找到耶～～！哪兒都找不到花灑！」

「這可傷腦筋了……Cosmos 會長似乎在外野方向看台等花灑，但他一直沒出現……」

「唔～～！花灑又騙人了！」

「而且根據剛才收到的情報，花灑似乎自信滿滿，認為絕對拿得到兩個髮夾。」

「咦～～！為什麼～～？」

「花灑要獲勝，就得把剩下的髮夾全都拿到，條件相當嚴苛。這只是我的推測，但我想其中兩個髮夾，多半就是他和 Pansy 說好要把髮夾給他，還有就是想定球賽會由西木蔦高中獲勝吧……不，搞不好和比賽結果無關，也可能他已經說服了 Cherry 學姊或月見……」

「這樣啊？Pansy 要交給花灑啊……好好喔……」

「……就是啊。本來我也想交給花灑，可是，現在說這種話也已經太遲了……啊，不好意思，葵花，有人打電話給我，我接一下。」

「知道了！那我去找花灑！」

「……好。喂……是真的嗎？非常感謝！那麼，就這麼辦！……太棒啦，葵花！」

「翌檜，怎麼啦？」

「收到情報了！已經掌握到花灑的所在地！我們馬上過去吧！」

「真的？太棒啦！……啊，是月見！」

「聯絡不上水管。知道為什麼嗎？」

「水管～～？嗯～～不知道！」

「我也沒收到任何水管的聯絡，所以不太清楚啊……」

「是嗎……我去找水管。」

「知道了！那麼，翌檜！我們朝花灑在的地方GO！」

「也對……倒是葵花，我想問妳一個問題。」

「什麼問題啊，翌檜？」

「妳早餐是麵包派還是米飯派？」

「呃……優格和香蕉！還有，奶油麵包！」

「我明白了，麵包派是吧……謝謝妳的回答。」

我們的驚險撲壘

大家好，我是受劇情需要至上主義所愛的男人，花灑。

先前我靠著一個奇蹟般的原因得以逃離水管，這個奇蹟還在持續。

至於說我引發了什麼樣的奇蹟——

「非常謝謝你！真的是喔，真的非常謝謝你～～！」

「哪、哪裡……還好找到了……那我要走了！」

甚至讓我在一壘方向看台湊巧遇見了一個弄丟家裡鑰匙而哭嚷起來的西木蔦高中一年級女生。

起初我還想丟下她不管，但她用彷彿恨不得在世界的中心呼喊愛的勢頭對我大喊：「請幫幫我！」讓我說什麼也無法拒絕，搞得只好幫她找。

照剛才的套路來看，我滿腦子都只有又會被人發現的預感就是了……

「花灑，找到你啦！」

太快啦！果然被找到了嘛！

該死！這次是誰啦？為什麼我就這麼容易被……

「真是的，你不來幫西木蔦高中加油，在這裡做什麼？綾小路颯斗都有點傻眼了呢！」

啊、嗯……是你的話，大概無所謂吧。

今天你的全名還是一樣帥氣啊，綾小路颯斗……

「我在圖書室不也解釋過了嗎？說我大概沒有心思幫我們的比賽加油……」

啊，對了，難得見到，就請他告訴我一些現在的狀況吧。

其實我是希望可以自己去看個清楚，但實在沒有這種時間。

「我說啊，比賽的情形怎麼樣？」

「目前的感覺是一進一退！可是，不要緊！雖然只是大概，綾小路颯斗覺得應該會有辦法的！」

「這樣啊……謝謝你告訴我啦。」

雖然我不能去加油，但問一下應該沒關係吧。

小桑……你可要加油啊……

「包在綾小路颯斗身上！綾小路颯斗和花灑是朋友！所以，綾小路颯斗會盡力去做綾小路颯斗做得到的事！綾小路颯斗和花灑，要互相幫助！」

「嗯。不好意思啊，給你添麻煩了。」

也太愛報自己的名字了。

「不用放在心上！被朋友添麻煩，不會生氣，也不會放在心上！綾小路颯斗相信花灑也是一樣！」

「嗯，也對，我也這麼覺得。」

「呼……能聽到這句話……綾小路颯斗就放心了……」

「……？那我差不多要走啦。」

「知道了！綾小路颯斗也要回去了！」

總覺得綾小路颯斗臨走之際說的那句話是話中有話……

啊！不行，別管這些了，我也得趕快行動才行。

我的計畫雖然遇到各式各樣的麻煩阻撓，但仍紮實地進行中。所以我的下一步，就是打算把一開始到一壘方向看台時沒能做好的事情做好。

坦白說，我的計畫要進行順利，在與 Pansy 談過後，最好還能見到另一個人。

先前我被水管登場所阻撓，因而沒能談到話的人物。

至於這個人物是誰……

「……噁！為什麼你突然跑來！好噁！又噁又醜又噁爛！」

沒錯。就是這位劈頭就來個「噁心三段活用」的女生……披上清純外皮的野獸山茶花，也就是真山亞茶花同學……說得精確一點，我要找的是整個紅人群。

畢竟她們的協助重要性僅次於 Pansy 的髮夾。

考慮到計畫的進行，我必須到處逃竄並設法說服其他女生。

這過程中最棘手的，就是跟一個女生談話到一半卻被其他人發現；以及說服到一半，對方卻找了人來的情形。

前者的案例目前尚未發生，但後者的案例在碰到 Cherry 和水管時都已經歷過，每次都搞得我手忙腳亂。照這樣子，根本不可能好好說服。

於是，我的著眼點就放到了紅人群的各位身上。

照她們的作風，應該可以發揮同性的優勢，設法阻止其他人來礙事！

……咦？為什麼不在比賽開始前就先拜託她們？

這個問題問得好！哎呀，我是拜託過了呀，就在比賽開始之前。可是啊，我失敗了……

當時的事情，我的身體到現在都還記得很清楚……

我在來圖書室之前，就想辦法趁她們幾個不注意的時候，很有禮貌地拜託過。

我想表達的心意是希望她幫點忙就好，所以對她說：「我想和妳建立純肉體關係。」

結果各位猜猜怎麼了？她說：「下地獄還太便宜你了！」還賞了我一串怒拳四連發，重重拒絕了我耶。

怎麼想都覺得我沒做錯，實在是太沒道理了……

「有、有什麼事？我話先說在前面，你敢說沒事，我就宰了你喔。」

山茶花完全不給我「有事找妳」以外的選擇，讓我很傷腦筋。

真的是，如果只看外表，她超級命中我的好球帶，偏偏說話口氣實在讓我難以接受……

「可以讓我躲一下，不讓我被旁人看見嗎？還有，我有話要跟妳說。」

「啥啊！我為什麼要做這種事——」

「啊哈哈！山茶花，別那麼生氣嘛～～！好啊，我們就讓你躲！」

「等等，那邊那個男生，現在立刻站起來！旁邊有個人要坐進來，別在那邊礙事！」

「咿呀啊～～！」

「花灑，你坐山茶花隔壁！這樣一來，只要我們站起來，旁人就看不見你了！」

「那我們就站起來，遮住花灑……啊！山茶花妳坐著就好！」

紅人群的B子、C子、D子、E子同學對我意外地好。

只是，她們這種好卻建立在一名可憐男生的犧牲上。

無論何時何地，對一個人好，背地裡就會有人犧牲，簡直就是這個世界的縮影啊……

「那、那……我就坐下嘍。」

嘿咻。多虧紅人群的各位站著，這下除非靠很近，不然應該找不到我。這我可放心了。

「～～～！」

我一坐下，身旁的山茶花就應聲著火。

我想她一定非常生氣吧。除此之外，我完全想不到還有可能是哪種情緒。

「山茶花的盛、情、款、待。」

「花灑，你幾時才要行動啦？當然是現在啊！」

「嗟嗟嗟！你們兩個好登對啊！」

今天的各位，似乎是走二〇一三年流行語風格。妳們還是一樣那麼喜歡走在流行的最末端啊。

而且山茶花還莫名地被D子和E子同學從背後用力推擠。

「等、等等，大家不要推我啦！這樣我整個人都會擠到他身上去耶！」

看到山茶花這樣，紅人群的各位都豎起了拇指，然後……

「「「「……用力推！」」」」

總覺得她們好像非常開心，那真是再好不過。

「那、那麼……呃……找我有什麼事？」

山茶花的態度突然轉為客氣，連連眨動的睫毛搖曳的模樣令人印象深刻。

她這種模樣乍看之下，就像是充滿怦然心動情節的青春故事。

可是一旦我貿然說錯話，就會變成劍拔弩張的殺戮故事。

「啊，呃……我有些事情想拜託妳們……」

「哦、哦～～！也好，沒關係～～！巧的是我現在心情有夠好的，也不是不能聽你說說看喔～～」

她說話時還用小指搔搔臉頰，顯得也不是毫無興致。

今天山茶花的巧合也是狀況絕佳。

「好了，趕快說吧！兩秒以內不說出來我就殺了你！」

心情好時也得在兩秒以內說完才不會被殺，那心情不好的時候會是一秒嗎？

她心情的擺盪幅度非常小。

「呃，就是啊……」

「——就是這麼回事。」

後來我把情形告訴了以山茶花為首的紅人群。

說我正在和唐菖蒲高中的圖書委員比賽，看誰能拿到較多髮夾。

還說為了贏得這場對決，希望她們幫我。

除了罰則以外，我都懇切又仔細地說明了。

「啥啊！你在這麼重要的比賽當天，搞這什麼一點關連都沒有的事情啦！」

她說得太有道理，讓我無話可答……

她有夠生氣的，看樣子也可能不肯幫忙……

「那、那麼……這場對決，對你來說有多重要？」

咦？沒有我想像中那麼生氣？我還以為會再被罵個三句呢。

「我想想。只有這一次，我說什麼也要贏。所以現在大概算是全世界最重要的事吧。」

「……知道了。那我就幫你……你、你可要好好感謝！大家也沒問題吧？」

「那當然！既然山茶花幫忙，我們也幫忙！」

喔喔，我本來以為還會有一番爭執，沒想到很順利地成功說服了整個紅人群！

還好！真的是還好以前被牽扯進三劈疑雲的時候，有先讓我的信用恢復！

這樣一來，我的計畫說不定就真的會順利……

照現在這樣看來，我贏水管的機率相當高……應該吧。

「啊哈哈！花灑和山茶花感情好好喔！」

「才、才沒什麼大不了的吧！我只是小小幫他一下！這很普通啦，普通！」

山茶花刻不容緩地否認。看來目前我和山茶花的關係似乎算是很普通。

「「「……Excellent！」」」

紅人群的各位再度豎起大拇指。她們的默契相當了不起。

「謝啦，山茶花。真的多虧有妳。」

「你很囉唆耶……不用一一道謝，只要是為了你……啊啊啊啊！你要害我講什麼話啦！給我五體投地好好感恩！舔我的鞋子！還有，下次要陪我一次作為補償！知道了嗎？」

我明明就沒有要她說什麼啊。

她這麼浮躁做什麼？真希望她可以鎮定點。

「那麼，首先我要做什麼？」

「嗯。眼前我想找唐菖蒲高中的月見……妳也知道，就是唐菖蒲高中來幫忙的那個小個子的女生。之前妳在圖書室見過吧？……我想跟她單獨談談，可以請妳們一起來嗎？然後，如果有其他人在，希望妳們可以把其他人弄走。」

「是可以啦……我說啊，我想問你一件事……不想回答也沒關係啦……如果你不回答，我也會忍耐，只拿鈍器打得陷進你的臉就好……」

這根本就沒在忍耐。

「你、你啊……喜歡她嗎？」

「不，一點都不喜歡。」

畢竟她太喜歡水管，喜歡到瘋了。那種女生我絕對不要。

「……是嗎？是嗎是嗎！那就好！只要讓你跟她單獨談話就好吧！那要我超級破例幫你一下也不是不行！呵呵呵！」

雖然我一點都搞不懂理由，但山茶花的心情突然大好。太好了太好了。

「這可幫了我大忙。那麼，可以馬上請妳們跟我一起來嗎？」

「包在我身上！」

我一起身，山茶花也跟著帶著明亮的表情輕輕起身，突然一股高雅的香氣撲鼻而來。她的舉止是如此優美而清純，幾乎讓我忘了她的內在是個狂戰士。

「不妙！有夠可……咳！」

「怎麼啦？……呵呵，你的表情好奇怪。」

不能被騙啊。哪怕她以天真無邪的表情搭配溫和的聲調微笑，她仍是世紀末霸者。

「不，什麼事都沒有！我想葵花她們應該也沒想到我會和山茶花妳們一起——」

「這恐怕很難說吧～～花灑！」

「……咦？翌、翌檜？」

「是的！當然是我了！」

啥啊！為什麼翌檜會在這裡？

我明明還請大家遮住我，以免被別人看到……【震動】。

「……嗯？有簡訊？」

「花灑，我就准你看簡訊！那就是你心中疑問的解答！」

這話怎麼說？算了，既然妳叫我看，我是會看啦。

呃，我看看……

『花灑，綾小路颯斗聽翌檜說：「只要你把花灑的所在處報給我，我就告訴你葵花的極機密情報！」所以綾小路颯斗就把你的所在處告訴她了！』

原來是那傢伙啊啊啊啊啊！

開什麼玩笑！所以剛才他臨走之際，說話才會那麼話中有話！

該死！到頭來，幫忙找鑰匙的損失還是躲不掉啊！

『對你實在過意不去啊……可是，綾小路颯斗說什麼都想知道！想知道葵花妹的極機密情報「早餐是麵包派還是米飯派」！』

我們的友情就在穀類前脆弱地瓦解了嗎……

「就是這麼回事！這下您可明白了嗎？」

「妳、妳喔！……可是，就算妳知道我在這一帶，也不應該知道確切位置……」

「哼哼哼！這也不成問題！我在這附近走著走著，就看到有個男生蹲在地上垂頭喪氣，過去問問怎麼回事，他就告訴我：『我被花灑硬從座位上趕走了！』所以之後只要朝他本來的座位前進就行了！」

這位男生先前在紅人群諸位對我好時淪為犧牲者，現在已經進化成復仇者啦……想來各種沒有建設性的鬥爭，就是這樣在世界上蔓延開來的……

對了，趕走你的可不是我喔。

「好了，花灑！你出來混這麼久，也差不多該還啦！」

翌檜拿穩紅筆擺出架式，臉上有著完全確信自己勝利的表情。

「嘿……恐怕還很難說吧？」

「唔？這話怎麼說？」

如果再早一點，我的確已經輸了。妳做得漂亮，本來妳已經完全將我逼得無路可逃。真是遺憾啊，翌檜。妳來得太遲啦！

「我說啊，翌檜……妳在搞什麼？」

「咦？」

不是先前溫柔的聲調，而是低沉有魄力的世紀末霸者聲調。

她帶著紅人群迅速包圍翌檜。

「呃……山茶花，妳是怎麼了？還有其他各位，妳們為什麼圍住我……」

「我都忘了，之前我們有一～～點點帳還沒跟妳算～～呢？」

哇～～！這幾個女生，跟她們為敵時真的棘手到了極點，但跟她們站在同一邊就覺得她們有夠可靠！

翌檜，這是妳自己捅出來的漏子。

妳之前寫了一篇報導說我三劈，不就給紅人群的各位添了點麻煩嗎？

「……啊！難、難道花灑你？」

「就是這麼回事。憑妳是抓不住我的。」

在這個狀況下，可以請紅人群的各位制住翌檜。也就是說，這不成問題！

「嗚嗚嗚嗚！咱沒想到會這樣！可是咱不會死心！」

我本來還以為她會乖乖退開，但她似乎孤身一人也要對抗紅人群的各位。

不愧是翌檜，雖然一感情用事就會跑出津輕腔，但很有膽識。

換作是我，肯定早就捲起尾巴跑掉了。

「放、放咱過去！咱非逮住花灑不可啊！」

可是憑個子嬌小的翌檜，沒這麼簡單就能突破紅人群包圍網。

頂多只能蹦蹦跳跳，不時讓我看見馬尾甩動罷了。

「我們怎麼可能放妳過去？我們馬上就跟妳算帳，乖乖待著吧。」

好帥氣……有朝一日，我也想說說看這樣的台詞。

「啊，對了！山茶花，這裡就交給我們，妳和花灑『兩個人』過去吧！」

「沒錯沒錯。機會難得，你們就『兩個人』牽著手過去吧！」

「嗯！就『兩個人』才好！」

「贊成！山茶花和花灑『兩個人』手牽著手才是最好的！」

「……啥？啥啊啊啊！我和這小子？呃、呃，可是……這……」

總覺得裡面還摻雜著一些莫名其妙的提議，但這主意不錯。

目前是靠紅人群的各位盯死翌檜才僵持住，但相反的，要是她們不在，翌檜就會展開行動。也就是說，雙方都動彈不得。

既然這樣，還不如只帶山茶花離開這裡。

如果可以，我是希望可以再多一個人，但不巧的是紅人群的各位莫名地要求我和山茶花「兩個人」走。只是這理由我是一～～～點也不懂啦！

「好啦，花灑，趕快牽山茶花的手！」

「喔、喔喔！知道了！山茶花，跟我來！」

「等等，妳們幾個！不要又給我多管閒……呀啊！」

我一把抓住山茶花的手，立刻快跑。

「「「……Fantastic！」」」

紅人群的各位帶著莞爾笑容豎起拇指，目送我們離開。

總覺得心情很複雜，像是感謝她們，又好像不太感謝。

「等等！你、你做什……好、好啦！我告訴你，今天只是我湊巧想跟人牽手，然後湊巧你在場而已！你可不要會錯意了！」

山茶花會不會太活在湊巧當中啊？

不管怎麼說，我和山茶花就趁紅人群的各位壓制住翌檜的時候，逃離了一壘方向看台，再度回到通道上。

「那、那……我們現在要去哪裡……？」

我還以為她會世紀末化，沒想到卻安分下來，反而讓我不知道該怎麼回應。

「我想去三壘方向看台找月見。然後如果途中遇到別人，就要請妳引開別人的注意力。其中最需要小心的，就是運動神經最好的葵——」

「花灑，這是怎麼回事？」

這下可說人人到，說鬼鬼到了……

我的逃竄過程中最棘手的人物……運動神經怪物葵花同學到了……

「為什麼花灑和山茶花會小手牽小手！我都沒聽說！」

畢竟我沒說嘛！等等，奇怪，山茶花的手不知不覺間抽走了……

「是、是妳看錯了吧？我、我怎麼可能和這種傢伙牽手？太扯了吧？而、而且我一點興趣也沒有！就算跟他牽手我也一點都不會高興還是怎樣！」

山茶花怎麼打起馬虎眼來了……早在被目擊的時候就已經太遲了吧。

「才沒有！我都看到了！山茶花整個好高興的樣子！」

「高、高興……！哪、哪有可能！是、是那個啦！就是那個！就那個嘛！」

根本講來講去就只講了那個！就算要打馬虎眼，也總有高竿點的說法吧！

「那個是哪個？我聽不懂！」

就是說啊～～！想也知道會變成這樣啊～～！

「總之，那個就是那個！我跟這小子才沒有牽手！」

「明明就有！山茶花，妳好好喔～～！虧我還想說今天是我最想和花灑在一起的日子！好好喔好好好喔好好喔！」

葵花，不好意思在妳跺腳鬧脾氣的時候說這個，但還是讓我說一下。

今天是我過去最不想跟妳在一起的日子。

「你、你們從小就認識，隨時都可以在一起吧？」

「這兩件事不相關！我就是要跟花灑在一起！」

「…………妳說什麼～～？」

奇怪，怎麼山茶花的世紀末開關好像打開了？

「怎、怎麼會不相關！妳明明不管什麼時候都跟他那麼要好！哪像我，根本沒能好好講上幾句話！所以，偶爾換我跟他在一起又……總之！今天這個日子換我跟他在一起！我們還約好了呢！」

「不可以！不可以這樣！」

「真要算起來，就連暑假，妳不也在圖書室和他一起嗎！他沒打工的日子，妳每天都跟他一起上學，這我都知道！妳才更占便宜呢！」

這沒建設性的貓咪打架是怎麼回事？看她們幾乎貼在一起，有夠用力地互瞪耶。

為什麼山茶花對我的暑假生活這麼清楚？她的情報網好厲害啊。

倒是這個狀況啊……

「山茶花在學校每次都坐花灑隔壁的位子！我從來沒坐過他隔壁……所以，山茶花才占便宜！」

「那不就是碰巧嗎！我一點也沒覺得坐他隔壁有什麼好！」

「啊～～！山茶花笑得好開心！哪是一點也不覺得好！」

「妳、妳很煩耶！我只是湊巧心情好起來而已！」

「嗚嗚嗚～～！好啊！那就讓花灑決定他想跟誰在一起！」

「哼！好啊！我就接受妳的挑戰！我也不會輸的！」

「花灑！」「你！」

「「想跟誰在一起…………咦？……他跑掉啦～～～～～！」」

呃……妳們兩個吵得那麼火熱，我當然要趁機跑掉啦。

雖然後來我就沒怎麼在聽妳們到底在講什麼，但最後的喊聲倒是聽見了。

呼……多虧山茶花引開葵花的注意，真是幫了我大忙！

拜她所賜，我總算勉強……驚險地搶攻上壘啦！

只是，並不是全都很順利……到頭來，我還是只剩自己孤身一人。

所以我變得有點貪心，朝待在附近的雙胞胎少女問：「要不要一起去三壘方向看台？」

結果她們尖叫得有夠大聲，坦白說我相當受傷。

不管怎麼說，既然這樣，也就表示我只能自己一個人去找月見了吧。

……對了，山茶花說的約好，到底是指什麼事？

我跟山茶花約好了什麼事情嗎？……搞不懂。

＊

我來到三壘方向看台後，首先就看了電子計分板。

西木蔦高中和唐菖蒲高中同分，依然是０－０。可是從球場與觀眾席沸騰的情緒就能深深感受到先前的賽況有多麼火熱。

現在打到六局上半，輪到西木蔦進攻。如果能想辦法拿到一分就好了。

啊，現在不是看球的時候了。我得趕快進行計畫才行……

「嗨，月見。」

我想說她沒在一壘看台，應該就會待在三壘看台，果然精準猜中。

我發現月見正在四處張望，於是叫住她。

「花灑，你為什麼在這裡？」

她似乎沒想到我會主動叫她，露出呆愣的表情。

「我來是有事找妳。」

「是嗎……有沒有看到水管？」

「呃、呃……妳不抓我嗎？」

「聯絡不上水管才嚴重。找他更重要。」

不愧是兒時玩伴，對水管的依賴非同小可。

我倒是覺得只不過是聯絡不上，何必那麼在意……

「有沒有看到水管？」

她再度問出一樣的問題。要是我坦白說剛剛見過，她大概就會去找他……

「沒看到。倒是妳可不可以聽我說一下？」

我的右手拇指和食指互搓，以謊言回答問題，提起自己來要做的事。

要是她肯乖乖聽我說話就好了……

「什麼事？」

好。雖然不知道她在想什麼，但似乎姑且肯聽我說說。

既然這樣，時間寶貴，我就趕快說下去吧。

「呃，月見，如果水管和 Pansy 交往，之後妳打算怎麼辦？」

「我會了結我這段感情，當個純粹的兒時玩伴。」

「妳不會寂寞嗎？那個，如果水管輸掉這場打賭，妳也會有機會耶。如果妳肯幫我，我也可以幫忙讓妳和水管交往……」

「用不著。我討厭這樣。」

唉～～……這幾個傢伙，就是這點最棘手啊。

水管也是一樣，硬是不尋求回報啊。

他對 Pansy 表白的時候也一樣，如果拿「因為我國中時代幫過妳」或「因為我幫了妳圖書室的事」之類的事情來當開場白，我也會比較有辦法應付耶……

就是因為他們不提這些，只純粹訴諸心意，反而才很惡劣。

「我要幫水管，所以髮夾不會給花灑。」

照這樣看來，月見也和 Cherry 一樣，「一旦水管和 Pansy 交往，妳就沒辦法再待在他身邊」這個說詞多半不會管用……

但這不成問題。這可以說是月見和葵花的共通點，那就是孩子氣。

然後，她的興趣很童話。像她來圖書室幫忙時，書包裡都帶了移動城堡或天空之城之類的可愛精品，這些我都暗自看在眼裡！

如果是對這樣的妳，只要和 Cherry 不一樣，用這種戰法應該就管用！

「我說月見，我想問妳一個問題。如果妳可以和水管變成男女朋友，妳想做什麼事？」

「不知道。反正不可能。」

也太快死心啦！妳好歹對自己的未來多抱持點希望！

「不，我只是假設！而且不要那麼快就認定不可能嘛。水管可是對我說過：『月見是我最重要的兒時玩伴。』」

「……咦？真的？」

Fi～～～sh！月見上鉤啦～～！

「對啊，是真的。要是妳不信，大可晚點再找水管問個清楚。」

順便說一下，相信從我的發言就知道，水管確實有過這個發言。

以前他來幫忙圖書室的事情時，我問他對 Cherry 和月見怎麼想，他就明白說出：「月見對我來說是最重要的兒時玩伴，Cherry 會長對我來說是最重要的學生會長！」

雖然說，每個人認識的兒時玩伴和學生會長頂多也就各一兩個，不過這點就別計較了。

「所以啊，月見和水管變成男女朋友的可能性才不是零。」

「是嗎♪」

原來如此。月見心情一好，說話就會加上「♪」啊。

雖然發言一樣簡單扼要，但發音則多少變得有點韻律感。

「來，妳想像一下。摟著心上人的手臂一起上學，做午餐一起吃，送他妳親手做的點心，盡力回報以前的恩情，又或者是忠於自己的心意，告訴他妳喜歡她，或是拿高湯煎蛋卷給他吃。」

「好具體。花灑想做這樣的事情？」

「……咳。就先別管我了。妳、妳想想看，不覺得聽起來很開心嗎？」

我剛剛只是舉例，絕對不是我想做的事，還請千萬不要誤會。

「嗯，聽起來很開心♪♪」

很好很好，月見的心情確實在變好。

而且隱約覺得她的「♪」變多了啊！

「我就說吧？那換作是妳，妳想做什麼？」

「我對他惡作劇，他笑著原諒我說：『月見妳喔，真拿妳沒轍～～！』邊說還邊摸我的頭，然後啾……不告訴你♪♪♪」

妳以前從來沒這麼饒舌！

而且最後那個根本就沒掩飾到，一個字就讓妳想做的事情全都穿幫啦。

「很讚啊！照水管的個性，這種事他一定願意做的！」
「是、是嗎？」
成了成了……我的畫餅戰術進行得相當順利啊。
我認為給她夢想，她就會上鉤，結果大成功！
「所以啊，不要覺得不可能，好好加油嘛。所以，髮夾給我——」
【拍】
啥？……真是的，是誰啦？突然拍我肩膀。
「啊啊，不好意思，我在忙。」
我現在正為了說服月見而忙得不可開交。
有什麼事，等我搞定她以後……【拍拍拍】
啊啊啊啊！煩死了！拍個不停……
「哎呀～～花灑，我們剛剛才碰到，害我找你好久喔～～！」
……我說水管同學，可不可以請你不要在緊要關頭跑出來？
我現在正覺得有把握，只差一步就可以說服月見了。
你卻在這個時候跑出來，我倒是覺得這樣不太好喔。
「啊！原來月見也一起啊！」
「嗯，我也一起♪♪♪♪♪」

好厲害！好有韻律！總覺得她加上的「♪」壓倒性變多了！

欸～～！唐菖蒲高中的愛情喜劇主角是怪物嗎！

「我說水管啊。」

月見結束跟我的談話，踱向水管。看來她眼中已經完全沒有我了。

「怎麼啦？」

「我重要嗎？」

「那當然！月見是我最重要的兒時玩伴！」

「是嗎♪♪♪♪♪♪♪♪♪♪♪♪♪」

她的情緒已經高漲到無法觀測。

大家應該懂吧？這就是我之所以打算一直逃到比賽即將結束的理由之一——水管同學一擊致命的「無自覺的反說服」。

「花灑，我們談完了。水管，髮夾給你。這樣一來，水管就贏了。」

不要交出來啊～～！妳現在交出來，勝敗就會當場……

「啊，月見，髮夾我想在大家都在場的時候收下，所以現在還不用給我！倒是可以請妳幫忙跟大家說一聲嗎？就說：『我們已經跟花灑在一起，不用再找他了。』」

安全上壘～～！

可是，我們的主角大爺似乎要求公開處決！總覺得實在是太不留情了！

「……是嗎？……我知道了♪♪♪♪」

「謝謝妳！多虧妳幫忙！」

於是月見就高高興興地離開現場，只有我和水管兩個人被留在原地。

到頭來，這只是讓處決時刻稍微延後而已吧……

計畫已經不可能再進行下去……結束啦……

＊

「來！這是給花灑的！」

「喔……謝啦……」

月見離開後，我們留在三壘方向看台，水管主動提議：口渴了，想去買飲料。於是我們先到通道上，走向自動販賣機。

我想過要再採用翻倒垃圾桶作戰，但彷彿上天在告訴我沒有第二次了，旁邊根本沒放垃圾桶。這下完全死局了。

「啊～～！好好喝！果然飲料就是要這個才對！」

水管遞了一罐給我，自己也拿了一罐在喝的，就是我們最愛喝的茼蒿汁。

換作是平常，我應該會喝得很高興，但畢竟狀況危急，我根本沒這個心情。

不妙啊……我的計畫還沒有完成最後一個步驟。

要在現在這個狀況下和水管拚個高下，我可會有點不利……

「不用啦！上次你買了請我喝，這次換我請客！」

「也是啊。呃，錢……」

「是、是嗎……」

「嗯！啊，還有啊，其實，我有話想跟你說！」

「啥？有話要跟我說？」

「對啊！一直站在這裡也怪怪的……我們到那邊說吧！」

水管發現一個正好可以讓兩個人坐下的地方，於是走過去坐下。

我是覺得現在應該有機會跑掉……不，應該是白費工夫。還是乖乖坐下吧。

「所以，你要跟我說什麼？」

「啊，對喔！呃，這次的打賭，輸掉的一方不是要接受處罰嗎？我想小小改變一下處罰的內容！你想想，打賭是你提議的，Cherry會長她們各想了一條規則，所以我就想說希望可以讓我來想處罰的內容！」

喔喔？想變更處罰的內容？

難道說，他想對我大發慈悲，把處罰的內容改得寬鬆點？

竟然這麼小看我……誰輸誰贏明明就還不知道！這種提議我二話不說就……

「你打算改成怎樣的處罰？」

還是別劈頭就拒絕，先聽聽看吧？該怎麼說，為防萬一很重要啊，為防萬一！

「呃，現在的處罰是『輸掉的一方再也不准接近堇子跟她說話』，我想加上一條……」

水管說到這裡，先頓了頓。

然後對我露出格外開朗的笑容……

「也不准接近所有堇子的朋友，和他們說話。」

「啥？所、所有 Pansy 的朋友……？」

「對。只禁止接觸堇子還太便宜了。我要改成輸掉的一方也不准接近葵花、Cosmos 學姊、翌檜、小椿她們，不准和她們說話。」

怎麼處罰內容有了超絕大升級耶～～～～！

咦？等等！剛剛這話是水管說的？真的是水管說的？

一個滿身善意的人撂下了一句有夠充滿惡意的話耶！

我聽到這唐突的發言而慌了手腳。水管也不理我，淡淡地喝著茼蒿汁。

該不會這小子過去開朗的個性，都是故意演給人看的？

你到底是在什麼地方從主角轉職成最終頭目了啦！

「這個處罰對你來說是壓倒性地棘手，但你應該不介意吧？畢竟這場打賭是你提出來的，當然必須有這樣的覺悟才行了。」

「為、為什麼要做到這個地步……」

「當然要吧？要是我輸了，就會失去所有和菫子之間的聯繫，但你即使輸了，也還剩下『共同的朋友』的聯繫。這樣不是很不公平嗎？所以，我想把這個部分改得公平點。」

這麼說也許是沒錯啦，可是我在意的不是這一點！

我在意的是，你這種驚濤駭浪般墮入黑暗面的情形是怎麼回事啊！

「不、不對！我想問的是……」

「我要說一下往事。是只屬於我和菫子的回憶。」

「你和 Pansy 的……回憶？」

「嗯。是一段沒有你在……你不知道的故事。」

水管完全無視我的發言，自顧自地說下去。

「菫子她在國中時代，是全校最受歡迎的女生。她的身邊永遠圍繞許多人，像我根本就沒辦法接近她。只是，我對這點也不放在心上。坦白說，我很不會應付當時的菫子。雖然她非常漂亮，但我總覺得有點怕她，怕得以為一旦靠近她身邊就會被一刀兩斷。」

畢竟聽 Pansy 說，當時的她就像攬客用的貓熊，個性也變得很粗暴啊。

想來的確很嚇人吧。

「可是有一天，我碰巧有機會和堇子說話，她就輕輕吐露了心聲說：『我身邊聚集了好多人，好傷腦筋。』我嚇了一跳。我還以為堇子是個非常強悍的女生，原來是我誤會了。我就是在那個時候知道了她其實是個很膽小，卻能夠提起勇氣的女生。」

畢竟她是那種在關鍵時刻偶爾會退縮的類型嘛。雖然基本上都是唯我獨尊的個性。

「所以，我立刻就想幫堇子。噢，這可不是因為我喜歡她才想幫自己加分喔。就只是覺得既然她遇到困難，我就想幫助她，所以決定保護她。」

「然後，你們幾個就不讓其他人靠近 Pansy 身邊是吧？如果你要說的是這件事，前不久 Pansy 就跟我說啦。」

「……是嗎？」

水管的表情透出了微微的怒氣。我並沒有惡意，但似乎讓他不高興了。他大概是不爽我大剌剌地就踏進他的領域吧。

「那麼，接下來的部分，你可聽堇子說過？」

「……啥？還有接下來？」

「沒錯，還有。太好了……你好像不知道啊……不知道堇子朋友的事情。」

我不知道這件事似乎讓水管很高興，只見他剽悍地笑了。

Pansy 的……朋友？這是怎麼回事？

她不是跟我說她國中時代都沒交到什麼朋友，過得很寂寞嗎？

「堇子似乎在別的學校有個非常要好的朋友，雖然我也沒見過那個人，但有那麼一次我問起之後，堇子就告訴我這個人的事情。」

原來如此啊。所以她不是在校內，而是在校外有朋友啊？

說到這個，之前我聽她談起時，她就說：「我在學校裡沒有朋友。」

「她談起這個朋友：『這個人和我不一樣，是個有著堅定意志的人，讓我非常崇拜。能跟這個人當朋友真是太好了。』堇子自己明明那麼漂亮，功課又好，已經夠厲害了，但她就是這麼一個不會拿自己來誇耀，而是以朋友自豪的女生。」

連 Pansy 都說意志堅定，想必是相當堅定吧。

說到這個……我國中時代也有個朋友。

這個朋友平常明明畏首畏尾，但一到關鍵時刻就會有非常堅定的意志。

「當時堇子的表情，我到現在都還記得很清楚。她笑得有點靦腆，但仍然非常開心，讓我深深感受到她一定非常珍惜這個朋友。所以我就想到，我也希望讓堇子這樣想我，對我笑。這就是……我的初戀。」

所以水管這段戀情是從 Pansy 的笑容開始的。

也是啦，她以真面目露出笑容就真的是漂亮得驚人，所以這種心情我也不是不懂。

「可是，之後我就搞砸了。我這輩子第一次喜歡別人，不知道該怎麼做才好。我立刻就對堇子說我喜歡她……結果被拒絕了。」

「畢竟她不是那麼容易搞定的女生啊。」

「就是啊，你說得對。那個時候我真的好難受。因為難為情又尷尬，我很想和堇子保持距離，可是我想到一旦我們離開堇子，堇子身邊又會聚集很多人，她會很討厭那樣。所以我必須強壓下自己的心意，以一個朋友的身分待在堇子身邊。」

「…………也是啦。」

……我知道。知道其實 Pansy 不希望水管待在她身邊。

可是，把這個真相告訴水管未免太殘忍了，豈是「不值」這兩個字所能形容的。

Pansy……妳國中時代的心情，我終於懂了一點。

「然後，我們國中畢業，只有堇子去讀別間高中。可是我無論如何都無法放棄這份心意，所以又向堇子表白了一次。就是在去年的地區大賽決賽。」

我知道。因為那一天，也是我第一次見到真正的 Pansy 的日子。

「結果，堇子說了一句讓我無法置信的話。她說：『我有喜歡的對象，所以沒辦法回應你的心意。』我真的嚇了一跳，想說被堇子選上的竟然不是我，而是別人。」

「……是嗎？」

「堇子喜歡的人。這個人讓我好羨慕，羨慕得不得了。我一直想著我想變成這樣的人……結果，我得到了和這個人交好的機會。」

「…………！」

聽到這句話，我全身受到一股寒氣侵襲。

難、難道說，水管他……早就發現了？

「我本來覺得只要菫子幸福，那就是最好的。可是啊，當我知道菫子喜歡的人是誰的時候，突然湧起了切身的感受。感覺到再這樣下去，菫子就會被這個人搶走。我說什麼也忍不住。我一直很珍惜菫子，解救她擺脫危機。可是，被她選上的卻不是我，而是這個人，讓我無法心服口服……所以，我決定了。」

他一口氣喝完茼蒿汁，發出鏗一聲輕快的聲響，將鋁罐放到地上。

「花灑……我要排除你。」

水管以一種格外清爽的嗓音這麼說。

「原來不是小桑。起初我還以為他們都定下了那種約定，所以菫子喜歡的對象是小桑。可是，我錯了。花灑……是你，你才是擁有菫子心中那把鑰匙的人。必須最優先消滅的人是你才對。」

果然是這樣……我所料不錯，水管懂了。

懂得 Pansy 真正的心意……以及別人背地裡的心意……

所以才會連個性都變了？這……的確是會這樣啊～

一下子說 Pansy 的髮夾交給我也沒關係，一下子叫月見晚點再給髮夾就好，讓我一直覺得今天的他很奇怪，現在這個謎題解開了。

他是想在大家眼前贏我贏個徹底。

可是，導火線是什麼？為什麼他會突然懂得以前一直不懂的事情……

「你為什麼會變得懂這麼多……」

「是這場比賽開始前的這兩週，讓我搞懂了。」

「比賽開始前的這兩週？」

「對。我一直在想你對我提出這個打賭的理由，想你說的話，想這當中真正的含意。這兩週來，我就一邊幫忙圖書室業務一邊觀察你的情形。」

「……是、是嗎？」

「結果，我就注意到了一件事。雖然這不太算是多虧你，而是多虧了Cosmos學姊、葵花還有翌檜她們。」

「多虧了她們？這話怎麼說？」

「這三個喜歡你的女生，兩週來對你做了各式各樣的事情。一有其他女生找你說話，她們就會立刻加入談話。在一旁看著，還真有點意思。」

「我可一點都不開心。那樣真的很累人……」

「我懂……『因為我以前就是這樣』……」

「——！」

原來如此啊……水管站到客觀的立場，這才第一次懂得是怎麼回事。

「月見、Cherry 會長，還有其他很多女生……她們也是一樣……」

懂得有多少女生對他有好感，他卻沒發現她們的心意。

「我當然也想過也許是我想太多喔。該怎麼說，光是有這種猜測就已經很厚臉皮，很不要臉吧？可是啊……就是這麼回事吧。」

「我什麼都不方便說。」

「呿。要是你可以給我肯定的答案，我就能更有把握了耶。」

水管背靠在牆上，抬頭看著天花板，深深吸氣、吐氣。

「好沒出息啊。而且堇子也不肯告訴我實話……」

「Pansy？你是指什麼事？」

「我都看到了，看到你在一壘方向看台和堇子單獨說話。」

「咦？」

「所以我就試探了她一下。想說如果我假裝什麼都不知道，對堇子問起你，不知道她會怎麼回答。一問之下，她就含糊其詞了……」

當時我還以為水管沒發現我，原來他早就發現了啊。

「所以，花灑，我要改變處罰。『輸掉的一方再也不准接近堇子和堇子的朋友，也不能和他們說話』。我不准你說不。這是確定事項。」

確定事項啊？看樣子不管我說什麼，他大概都聽不進去吧……

「……好啊。那處罰內容就變更為你說的方案。」

「你肯這麼說真是幫了大忙。這樣一來只要我贏，你就永遠也無法和堇子建立關係。」

「只是那也要『你贏得了』。誰輸誰贏還不知道呢。」

我剽悍地笑了笑，做出這樣的回答。

我一邊說話一邊和水管一樣把茼蒿汁一飲而盡，發出「鏗」一聲粗暴的聲響將罐子放到地上。

「花灑，不管你有什麼圖謀都無所謂，我要做的就只有正面打爆你的圖謀。」

打爆……？你也變得會講這種粗魯的話啦。

「之後，只要你消失就行了。我已經懂了堇子過去不肯接受我的理由。我可以向她保證，再也不會讓她受這種委屈。」

我想也是。現在的水管能夠懂別人背地裡的心意。他「真正」完全成了我的向上相容版。我贏得了他的地方……已經一個都不剩……

就連國中時代折磨 Pansy 的「詛咒」，現在的他應該也能輕易解放。

「讓堇子幸福的人，不是你……是我。花灑，我有把握比你更能讓堇子幸福。所以……你消失吧。」

「你覺得你這麼說，我就會乖乖回答『好的，我明白了』嗎？」

「不覺得。可是，我就要讓你非消失不可，不是嗎？」

不妙啊……這事態可相當出乎我的意料。

我本來以為水管一直都會是個遲鈍純情ＢＯＹ，才會展開這次的賭注。想說如果說什麼話都是白搭，那就乾脆強行把他和 Pansy 分開。

可是，現在的水管不一樣。他是個有格局，能夠懂得這一切，接受這一切的人。

相信以後水管身邊再也不會形成那種太符合他心意的世界了。

這也就表示 Pansy 拒絕水管的理由消失了。

如果是現在的他，即使 Pansy 選他…………也一點都不奇怪。

一旦弄成這樣，這場賭注本身就會變得完全沒有意義……

「好了，聊天也差不多該結束了。」

「嗯，也對。」

我說出這句話的同時，我們站起來，一起走向離販賣機有一段距離的垃圾桶，丟掉已經喝完的茼蒿汁空罐。

「就在第九局分個高下，會合地點…………應該不用說吧？」

「……對。我從一開始就打算在那裡跟你碰頭。」

「花灑，謝謝你啊……多虧有你，我才能知道這許多事情，真的是感激不盡。可是啊，不管我多麼感謝你，欠你多少恩情，我都不打算同情你。堇子……是我的。」

「那就扯平，正好，包含圖書室的事。」

「知道了。那就晚點見……」

水管轉過身，從我面前離開。

……我萬萬沒想到事情會變成這樣……

我的計畫進行得很順利。可是，憑現在的水管，大概會輕而易舉地凌駕在我之上。

一旦我在與水管的投票對決中落敗，Pansy 和水管……不，別再想下去了。

不管狀況演變成怎樣，我要做的事情都一樣。

我要在這場打賭中贏過水管，找回往常的日子。我就是為了這個目的才打這場賭的！

所以，我絕對……

「喔，這不是如月嗎～～？你在這種地方做什麼？該不會是滿心想看看我女兒？你也真是的～～！這種事情你不好好講，我會很為難啊～～！你這小子～～！」

嚴肅的氣氛當場毀了。每次只要我小小耍帥一下，就會變成這樣啊……

所以，真山大叔為什麼會在這種地方？

「真山先生，比賽正精彩呢，我們趕快回去吧！啊，如月老弟，呀喝！」

「金本哥！原來你來啦！」

「畢竟是如月老弟拜託我嘛～～！機會難得，我就順便邀了真山先生！」

金本哥，謝謝你特地抽空過來……

可是啊，我總覺得好像不必邀真山大叔來……

「欸欸，如月！最近我家女兒啊，會害羞地說：『我要多練習。』然後在高湯煎蛋卷的味道上做變化！她最常練習的就是加了茼蒿的高湯煎蛋卷！那吃起來可真是霹靂無敵好吃！她做這個，是為了我吧？呵呵！我家女兒太喜歡我這個老爸，真讓人傷腦筋啊～～！」

是喔～～加了茼蒿的高湯煎蛋卷啊？如果有機會，一定要吃吃看啊。

可是，我和山茶花的交情似乎算是「普通」，應該不會有這種機會吧。嗯，絕對沒有。

「咦？你這身制服……如月，原來你跟我家女兒讀同一間學校嗎！搞什麼？怎麼不告訴我！你這小子真見外啊～～！」

「是、是啊……我找不到機會開口……」

「是嗎是嗎！可是，你可別對我家女兒下手啊。要是你敢對她下手，小心我把你的蛋蛋切下來拿去油炸啊～～！」

哇～～！這對父女真不是白當的！重點發言都很像！

我可沒怎樣喔，沒出手喔，只是牽了手而已嘛！

嗯！這保證沒問題！肯定沒問題！

呼……嗯，總之……先回一壘方向看台吧……

【我要去變成他】

——大賀太陽　高中二年級　五月。

我和花灑大吵一架後過了一陣子，有一天，鞋櫃裡放了一個信封。

「我在屋頂等你，跟我比個輸贏。如月雨露」

只看內容像是戰帖，但我立刻看出了這封信的真意。

花灑很清楚「小桑」的個性就是對比輸贏很熱衷。

所以他才會採取這種手段作為找我談話的藉口吧。

…………為的是和我重修舊好。

唉……花灑，你這爛好人是有沒有這麼誇張？

我可是單方面恨你、陷害過你耶，你為什麼能這樣寬恕我？

像我就還沒原諒國小時排擠我的那些人。

即使他們對我道歉，我應該也只會表面上擠出笑容，但絕對不會相信他們吧。

但你卻……該死！又來了！我又切身體認到自己跟花灑的差距有多大！

……好啊！好啦！我就順你的意！配合你演這齣無聊的鬧劇！

而且……這是個好機會。

我很清楚自從花灑和我吵架以來，他就每天都跟三色院同學見面。

也就是說，只要現在和花灑和好，就能再度接近三色院同學。

我曾經對她表白，被她拒絕。而我一直掩飾的「大賀」這個個性也被她知道了。

可是，比賽還沒結束，還有延長賽。

我想到這裡，於是前往屋頂。

「啊！」

一來到屋頂，最先聽到的是葵花的驚呼聲。

喂喂，我還以為只有花灑在，竟然連葵花也在喔……

這也就表示，他們兩個已經和好了？

不過，我想也是啦……想來也是會變成這樣啦……

……花灑，你知道嗎？

那一天，我跟你大吵一架的那天，葵花和 Cosmos 學姊可是待在圖書室耶。

她們說是三色院同學拜託她們：「我會告訴妳們真相。一旦發生什麼事，請妳們去救妳們想救的那個人。」所以她們就躲在圖書室裡。

然後她們兩個就完整地聽見了我跟你吵架的過程。

我知道這件事是在我去找葵花和 Cosmos 學姊道歉的時候。

我利用了她們兩個的心意，這點我真的很過意不去，所以我老老實實道歉。結果，她們就把當時待在圖書室的這件事告訴我。

還說三色院同學也跟花灑提過「特等席」、「普通席」之類的話，悄悄告訴他她們兩人在場，但他似乎沒注意到。

所以後來……

「沒事的。我也對花灑做了好多過分的事情……小桑你說的話是讓我嚇了一跳，可是，花灑他……他已經代替我罵你罵個夠了……」

「謝謝你來道歉……我的心意已經整理好，所以沒事的。我對你沒有一丁點怒氣，反倒覺得對花灑真的很過意不去……」

看到她們的態度，我立刻懂了。

無論葵花還是 Cosmos 學姊，對我的心意都已經消失了。

這只是我的推測，但我想她們兩個都已經開始受到花灑吸引。

她們發現花灑那種不惜犧牲自己也要保護別人的作風是多麼有魅力。

「所以啊，我要救花灑！我不要花灑被大家討厭！」

「我想解開大家對花灑的誤會……不，我一定要解開！追根究柢來說，明明就是我不好，卻只有他一個人當壞人，這樣……我討厭這樣！」

後來葵花與 Cosmos 學姊說到做到，持續為了花灑行動。

花灑，你以為是多虧了我對大家道歉，你所受的誤解才會解開吧？

其實不是。不是只因為我。

是葵花和 Cosmos 學姊拚命跟大家說。她們去找大家，一個一個仔細解釋「是自己不好」，還不惜利用假日去拜訪學生的家。

……我說啊，這是為什麼呢？

花灑露出本性卻還是被大家接受，為什麼「大賀」就會被拒絕？

……好好喔……好羨慕啊……………好寂寞喔……

「喂，花灑！我話先說在前面，我可是超級擅長讓好朋友教我功課的！所以，這場比賽我等於已經贏了！」

我為了實現自己的願望，拋棄自尊心，擠出滿臉笑容伸出手。

因為我很清楚花灑絕對會抓住「小桑」的手。

「別拿這種事情誇口好不好？」

看，這不是抓住了嗎？

「以後也請多多指教啦！一臉偽君子嘴臉的雜碎爛人如月雨露！」

「承讓啦，陰險又愛嫉妒的爛人大賀太陽。」

——！別這樣啦……不要這樣開心地……抓住「大賀」的手啊……

我知道你已經認識了「大賀」。

可是，對你來說重要的不是「小桑」嗎？

那麼……你就別說這種話啊……

接下來就簡單了。

三色院同學喜歡的男生，是花灑。

那麼，我只要不當「小桑」也不當「大賀」，變成「花灑」就行了。

我一直看著花灑，一直崇拜花灑，所以我辦得到。

因此在準備花舞展時，我就像以前的花灑那樣暗中支持他。

為了讓花舞展順利，讓第三位舞伴……三色院同學能夠參加，我不惜扮小丑，甚至還對她本人下跪懇求，讓她答應出場。

而結果是大為成功。完成花舞展的演出後，三色院同學……不，應該說是Pansy，她開始願意用綽號叫我了。

我好高興。這是第一次……第一次我喜歡的女生願意用我的綽號叫我。

我滿心都是成就感，覺得終於來到了這一步。

然而看到我和Pansy這樣，卻有個傢伙感同身受地開心，總讓我覺得心中有疙瘩……

☀

——現在。

「可惜！好可惜！四局下半被特正北風打出安打，還以四壞球保送接下來的五號打者，面臨重大危機！但大賀學長漂亮地壓制住六號打者，免於在這一局失分！然後，五局上半大賀學長打出安打，但沒能帶來得分！六局上半由一號打者樋口學長打出安打，但還是沒能得分！唔哼～～！」

即使站上投手丘，蒲公英的聲音還是聽得清清楚楚啊～

「然後迎來六局下半！竟然被對方的二號打者敲出一支二壘安打，雖然壓制住了接下來的三號打者，但現在才兩人出局！截至目前為止的二局下半和四局下半，一上場就一定打出安打的特正北風再度上場了！到目前為止，兩隊都沒有失分，但這個局勢也許要改變了！咿～～！好危急啊！唔哼～～！唔哼～～！」

啊，這次是採分段解說啊？是顧慮到不想讓講解太長嗎？

雖然我根本搞不懂她這些話到底是在對誰說……

不過，實在不妙啊。就如蒲公英以講解的口氣所說，現在我們相當危急。

兩人出局，二壘有人。只要被打出一支安打，就有可能被得分。

這個時候上的卻是唐菖蒲高中的四號打者特正北風，這天神可真會炒熱比賽氣氛。

這場比賽，先得一分的球隊就幾乎肯定能獲勝。

所以我不能讓特正打出安打，但我的體力實在不太妙。

明明才打到六局下半，卻有著加倍……就像延長賽打到十二局似的疲勞侵襲我。

很吃緊啊……怎麼辦？要從第一球就全力投球，想辦法拿到好球數嗎？還是保送？

總之，第一球就先來個壞球吧。投個八成左右的球，然後只要特正揮空……

——信賴與努力。相信伙伴與自己先前的努力，不管什麼時候都不逃避，全力投球。這才是小桑吧。

……我知道啦。你不要動不動就跑出來囉唆。

這種事，我自己最清楚。「小桑」不會逃避。

無論遇上什麼樣的對手，都會熱情且強而有力地去面對。所以……

「…………喝呀！」

不妙！球威不夠！

「右外野！」

最先聽見的是「鏗！」的一聲，金屬球棒與球碰撞的清脆聲響。

接著聽見的，是芝脫下捕手面罩大喊的聲音。

往球的去向看去，球在右外野手正前方彈跳。也就是說，是安打。

也因為已經兩人出局，唐菖蒲高中的二壘跑者已經跑了起來。

這個時候，右外野手總算握住球，全力投出。

「上啊啊啊啊！可以得分！可以從西木蔦手上拿到一分！」

「衝本壘！衝本壘！」

唐菖蒲高中的板凳區傳出鼓舞跑者的喊聲。

二壘跑者繞過三壘，順勢全力朝著本壘飛奔。

而一壘手打算作為右外野手的中繼站，正要接球……

「「不要接～～～～～！」」

兩道喊聲迴盪在球場上。

一壘手聽到喊聲後反應過來，躲開本來正要接住的球，只見球直線飛往本壘。

「喔喔喔喔喔喔！」

「喝……呀啊！」

跑者滑壘衝向本壘。

幾乎就在同時，芝以收在捕手手套中的球碰去。

誰先？哪一邊先？

……裁判慢慢將拳頭朝向天。接著……

「…………出局！三人出局！攻守交換！」

強而有力地往下一揮。

「「「「「「漂亮漂亮西木蔦！守得漂亮西木蔦！」」」」」」

啦啦隊的加油聲再度響起，稱讚我們保住了這一分。

好險……總算驚險地保住了無失分。

「哇啊～～！右外野手，三年級的屈木學長，漂亮！這一球回傳太精彩了！」

我們回到板凳區後，戴著鬆垮球帽的蒲公英就以滿面笑容迎接我們。

可是，我的震驚更甚於鬆一口氣。

千鈞一髮之際，發出了兩道喊聲。

一個當然是我喊的，而另一個是……

「而且，大賀學長和芝學長的判斷也好精彩！要是那個時候先經過一壘手中繼，就會來不及！唔哼哼哼！」

沒錯，是芝。芝和我做出了完全一樣的判斷，喊了出來。

「沒錯！那個時候我就相信了屈木學長！畢竟他肩膀有夠強的！」

「我以前當投手可不是白當的。只是小桑來了以後，就輪不到我上場，但等我們打進甲子園，希望可以讓我投個一球當紀念啊！哈哈！」

「我明白了。那麼，我們說什麼也要打進甲子園！」

我和屈木學長談完，走向板凳區更裡頭。

為的是在那裡和一個脫掉護具的男生說話。

「我說啊……芝。」

「……幹嘛？」

芝看也不看我一眼，逐一脫掉護具。

我明白。我很明白芝討厭我。

可是，我還是有話想對芝說。

「謝啦。多虧你也喊了。要是只有我一個人喊，說不定一壘手就聽不見。」

「有空講這些廢話，不如去乖乖休息。」

「好！也對啊！抱歉！」

我和芝互相討厭。

……可是，我有了一個念頭。

即使是討厭的傢伙，即使以前有過節，芝還是我的「隊友」。

所以我想說，至少在比賽中試著相信他……

【外野看台　幾名少女的對話】

「葵花，Cosmos會長，花灑有聯絡了！他說等球賽打到第九局，希望大家去一個地方集合，他會在那邊等！我們趕快過去吧！」

「……是嗎……原來是這樣啊～～……」

「嗚嗚～～！山茶花，好好喔～～～～！」

「我、我說啊，妳們兩個是怎麼啦？Cosmos會長格外沮喪，葵花又格外生氣……」

「噢，不用在意。反正像我這種女生……像我這種女生，反正只能換得花灑同學對我說謊，想見他根本門兒都沒有……」

「山茶花，跟花灑很要好！有夠要好！」

「妳們兩個振作一點！怎麼說，雖然發生了各種意料之外的事態，但我們明明就還沒失敗嘛！妳們兩位不是都說有些話要好好說出來嗎？」

「就是說啊～～雖然不知道這樣的我做不做得到，但我會加油～～我會加油～～……」

「我明明想跟花灑在一起！卻沒能在一起！根本都沒能一起！」

「這……唉，真沒辦法。我就把我的一個特別情報告訴妳們兩位吧。」

「『特別情報？』」

「是的！我以前曾經聽花灑說過對妳們兩位的評語！」

「真的嗎？是、是什麼樣的評語！」

「翌檜，告訴我！」

「妳、妳們復活的速度也太驚人了……好吧，就告訴妳們吧。花灑說 Cosmos 會長『有比想像中更孩子氣的一面，很可愛』，說葵花『就是感情豐富又老實的這點最可愛』。」

「是、是這樣嗎！哇～～被花灑同學說可愛了！他說我可愛！」

「就是啊！我很老實啊！嘻嘻～～！」

「兩、兩位心情大好真是太好了……我可有點累了……」

「好～～！那麼翌檜同學，我們馬上去找花灑同學吧！我們該做的事還沒做完呢！」

「翌檜，快點快點！好～～！我要加油～～！」

「我從一開始就說我們趕快過去了……唉……我實在希望偶爾可以不是站在報導情報的立場，而是負責聽的一方啊……為什麼我得做這種事情……」

第四章

我們的打帶跑

我——花灑，也就是如月雨露，和水管——也就是葉月保雄的打賭，終於接近尾聲。朝電子計分板一看，現在是八局下半，計分板上的數字全都是「0」。

朝自己所在的一壘方向看台看去，啦啦隊隊員讓人完全看不出跳舞跳到現在的疲勞，全力跳舞，其他觀眾也全力為球員加油。

「好了，各位！比賽來到八局下半的守備了！隊形改成『羅馬步兵方陣（Testudo）』！」

為什麼我們學校的啦啦隊跳得出羅馬步兵戰術當中的一種？

算了，別管了。我雖然也對比賽情形相當關心，但有更重要的事情要做。

我為了完成計畫的最後一個步驟，回到一開始來到的地方。

至於這個地方是哪裡……就是一壘方向看台，最上排的座位。

「久等啦，Pansy。」

我朝一直盯著比賽看的 Pansy 喊了一聲，她就以生硬的動作只把頭轉過來看向我。

「是啊，我等得都要不耐煩了呢，花灑同學。」

明明剛剛才見過，感覺卻像已經一個月沒見了。

這一瞬間，讓我感受到今天這一天所過的時間有多高的密度。

從口氣聽來，Pansy 似乎也一樣。

換作是以前，光是和這女的有一樣的念頭就會讓我透出嫌惡，但不可思議的是，現在我卻覺得開心。這三個月來，我真的有了許許多多的改變。

「再過一陣子，水管也會來到這裡。接下來才是真正一決勝敗的時候。」

「……是嗎？」

Pansy 所在的地方，就是和水管會合的地方。

說來也是啦，畢竟這次的打賭，說起來就是我和水管的 Pansy 爭奪戰。要是在她不在場的地方分出勝負，也未免太離譜。

「所以，你的狀況如何？計畫應該有了成果吧？」

「嗯。以我來說算是做得很漂亮了。只是……狀況有了點改變。」

「怎麼了？」

「水管長進了。他成了懂得別人背地裡心意的人。」

「…………！是、是嗎……」

Pansy 用力抓住裙子，全身發抖。

水管的變化對 Pansy 而言是可喜，還是令她不知所措？不巧的是我無法理解。

「也是啦，說穿了這就表示這場打賭已經失去意義了。無論我贏還是輸，他已經全都懂了。他就是變成了一個懂得這些的人。所以……」

「所以？」

「該做決定的不是我，是妳。」

其實我很想對她說，無論如何都要把髮夾給我。

但我沒有資格說這種話。

水管率真地將自己的心意告訴 Pansy，而我完全做不到這點。

我該做的沒做到，卻要求她給我髮夾，未免想得太美。

而且，Pansy 的「詛咒」已經不是非我不可……水管也一樣可以解開。

「我——」

「三人出局！攻守交換！」

Pansy 正要開口說話的瞬間，裁判發出格外大聲的呼喊，一路迴盪到一壘看台最上排，蓋過了 Pansy 說的話。

第九局很快就要開始。也就是說，他來的時間到了。

那麼，至少最後說點……

「所以……我希望妳『看到最後』，全都看過再來決定。」

「……」

不知道我這幾句話，Pansy 聽進去了沒有。

……不，懷疑這種事本身就是個錯誤。

畢竟她是有超強超能力的圖書委員，不可能沒聽懂啊。

「你和堇子的最後一次談話結束了嗎，花灑？」
之後過不到一分鐘，他就帶著蘊含覺悟與決心的眼神來到這裡。
我們格外帥氣的主角懷抱著說什麼也要徹底毀了我的心意，大駕光臨了。
「還沒說完啊。不過你不必在意，反正今天一整天也講不完。」
「是嗎？那麼，看來你是永遠也說不完了。」
「那當然啦。畢竟我的人生還很長呢。」
我們針鋒相對。現在我眼前的這個人，已經不是跟我合得來的好朋友。
而是不共戴天之敵，是我絕對不能輸的最強對手……葉月保雄。
「喔哇！」
「久等啦！花灑，這次你不可以跑掉了！」
「花灑同學，你可別以為還能像早上那樣嘍。」
「真沒想到我會被山茶花她們絆住那麼久，花灑，你可真有一套啊。」
接著過來的，是我的兒時玩伴日向葵、和我同班且參加校刊社的羽立檜菜，以及學生會長秋野櫻。
葵花與 Cosmos 在抵達的同時就分別從兩側抓住我的手臂。
真是的，就說這次我不會跑了。我該做的事情已經全都做完啦。

「久等了。」

「水管仔、花灑仔，久等啦！啊哈！終於都到啦！」

接著水管的兒時玩伴草見月，以及唐菖蒲高中學生會長櫻原桃也出現了。

「那麼，我們開始吧，花灑。」

「也對。只是啊，這裡太窄，我們還是換個地方吧。Pansy，可以嗎？」

「……我無所謂。」

得到 Pansy 許可後，我們從一壘方向看台前往通道。

我們到的地方在通道當中離觀眾席入口特別遠，相當寬廣。

我們完全看不到看台上的情形，就只聽得見小小的歡呼聲。

…………這樣一來，我們誰也無從得知比賽情形了。

會知道的，就只有我和水管的投票對決結果。

話說回來，我們可真是挑了個寒酸的地方了結啊。

……算了，無所謂。畢竟今天的主角，無疑是地區大賽的決賽。

我們這場打賭渺小得連配角都當不上啊……

「那麼！就從還沒交出髮夾的我開始！月見仔，我們上！」

「嗯。」

最先有動作的是 Cherry 和月見。她們兩個眼看都要走向水管。

照這樣下去，她們兩個的髮夾應該都會交到水管手裡。

這個時候，水管的髮夾就會變成「5」個。

只是啊，沒這麼簡單就讓妳們交出去……在這之前，我有話要對妳們兩個說。

「Cherry 學姊，月見，等——」

「Cherry 同學，可以請妳等一下嗎？」

「月見，還不行啦。」

「……咦？Cosmos 會長？葵花？」

這時，本來抓住我雙臂的 Cosmos 與葵花各自放開手，展開了行動。

接著她們站到 Cherry 與月見身前，阻止她們交出髮夾。

「呃……妳是怎麼啦？Cosmos 仔？」

「花灑同學，搞不好你也在想一樣的事情。可是，這個時候可不可以把這個角色讓給我們？我認為應該由我們來跟她們講。」

「其實我們本來想找齊月見、Cherry 學姊和翌檜，五個人一起談，都是花灑跑掉，我們才沒機會講！花灑笨蛋！」

喂喂，妳們兩個一大早就來逮我，竟然不是為了馬上讓我和水管見面，分個輸贏喔？

對喔，葵花在抵達球場前的確說過：「月見和、Cherry 學姊還有翌檜都在等我們。」原來那句話是這個意思啊？……也太難懂了啦。好好說到讓我聽得懂好不好？這樣我就多少可以不用那麼辛苦了。

……不過，我很開心。所以妳們並不是跟我敵對啊……

「好的，就交給妳們。」

「好的，就交給我們。」

複誦別人說的話，平靜地微笑。這是 Cosmos 的習慣動作，而這格外令我放心。

也對，這個時候輪不到我出場。我就相信妳們吧。

要對付 Cherry 和月見，還是 Cosmos 和葵花最合適。

畢竟我的對手從頭到尾都只有水管一個人。

「Cosmos 仔，妳不是花灑的敵人嗎？」

「這麼說就不太對了，Cherry 同學。我們終究是『Pansy 的對手』，所以我們只是做對手該做的事，把髮夾交給水管。只是啊，我們同時也是『Pansy 的朋友』，所以接下來我們要採取朋友該做的行動。」

「哦～～是這麼回事啊……」

Cherry 的表情變得有點掃興，怎麼看都不是願意聽人說話的態度。

「而且，為了妳們兩位好，我也希望妳們交出髮夾前先聽我們說幾句話。」

「哎呀～～沒什麼好說的吧！可以請妳們讓一讓嗎？」

「葵花，讓開。我要把髮夾交給水管。」

「這樣真～～的好嗎？」

「……！」

葵花的聲音宏亮地迴盪在球場通道。

我聽慣了她平常活力充沛的聲音，現在聽到這種音色覺得有點新鮮。

「Cherry 同學，妳也一樣……這樣，真的好嗎？」

「妳、妳是指什麼呢？Cosmos 仔……」

Cosmos 一瞬間把視線從 Cherry 身上移開，看了我一眼。

她的眼神看似格外悲傷，充滿了罪惡感。

「很簡單，Cherry 同學。說來很沒出息，可是……『我以前也是一樣』。」

「一、一樣？這話怎麼說？」

「Cosmos 學姊，我也一樣……不可以說得……好像只有妳這樣啦。」

噢，對喔……的確是這樣啊……

說不定她們兩個一開始就知道了。

知道 Cherry 和月見隱瞞不說的……真正的心意……

「妳們在打什麼主意？」

Cosmos 不回答 Cherry 的問題，翻開愛用的筆記本，快速翻頁。

葵花用力握緊雙手，低下頭。接著，Cosmos 的手翻到某一頁後停住，葵花抬起頭來，兩人一起開口。

「不可以為了了結自己的心意，就利用 Pansy。」

「不可以利用 Pansy，要對自己坦白。」

這幾句對 Cherry 與月見說的話，是 Cosmos 和葵花才說得出來的。

「我、我才沒有……利、利用她！」

月見發出與平常大不相同的亢奮叫聲。

但不管聽在誰耳裡都很清楚，她是在虛張聲勢。

「對不起喔，月見。其實從當初在咖啡廳聊天時，我們就發現了……」

「發現……！我們的……」

果然啊。剛才我所料不錯，Cosmos 和葵花從一開始就懂了。

我到了今天才總算懂了……但從立場上來看，她們的確會懂啊。

「可、可是，妳們兩個和我們又不一樣！妳想想，不管是 Cosmos 仔還是葵花仔，都已經好好對花灑仔……」

「我說的是更早一陣子的事情。」

那是我們故事的開端。

我們幾個會開始聚集在圖書室，就是因為當初這個故事。

「其實以前，我喜歡的是另一個人。只是，這個人拜託我撮合他的戀情。當時我不想被這個人討厭，就選擇了幫助他。」

多種盤算曲折交錯的結果，Cosmos 和葵花都受到小桑拜託，要她們幫忙撮合他和 Pansy 成為男女朋友，而她們也都選擇幫忙。

雖然有著被動與主動的差異，但到頭來她們做的事情就跟 Cherry 與月見一樣。

「Cosmos 仔有過這種事情……？」

「沒錯。那個時候的我真的糟透了，把花灑同學當工具利用，一旦他對我有所妨礙，就翻臉不認人……」

Cosmos 和葵花忽然不看 Cherry 她們，轉身注視我。

她們的眼神格外煽情，讓我心臟忍不住跳得更快了。

「當時的事情，我都沒好好道歉啊……真的很對不起，花灑同學。」

「花灑，對不起喔……」

「沒、沒事……我也有很多地方不對……」

「……謝謝你。」

Cosmos 和葵花轉回去，面向 Cherry 與月見。

只是這麼一個動作，就讓她們兩個全身一震，似乎在緊張。

「所以聽到妳們兩位的情形時，我立刻就懂了。懂得妳們知道心上人不會接受妳們的心意，但又無法徹底死心，於是為了了結自己的這種心意，才想讓心上人實現戀情。」

我確信她們兩個心中有這種心意，是在今天和她們談話的時候。

我說服她們給我髮夾時，對她們兩個問起：「如果 Pansy 和水管交往，妳會怎麼做？」

結果她們兩個不約而同說出了一樣的答案。

她們都說要「結束自己的心意」。

她們兩個是「為了結束這段自己無能為力，又絕對無法實現的感情」，才想撮合 Pansy 和水管。

「不、不對……！我們哪有這個意思！我們純粹只是……」

「那為什麼之前在咖啡廳談話時，妳們會說出『幫助我們』？」

「！」

那是之前我們在咖啡廳談話時，月見說的話。

「花灑，希望你可以幫我們。拜託，幫助我們，幫助水管。如果你不嫌棄，我什麼事都願意做……」

乍聽之下，這句話像是為了水管說的，但若真是如此就說不通。

撮合水管與 Pansy 變成男女朋友，大概說得上是「幫助」水管。

但說不上是「幫助」Cherry 和月見。

但月見卻這麼說了。理由很簡單。

因為她們也被束縛住了，被一種憑她們自己無能為力解開的「詛咒」束縛住……她們想得到自由，才會說出「幫助我們」這種話。

「Cherry 學姊……對不起。」

「不會……不是月見仔的錯……」

從一開始，我就覺得不對勁。

只因為心上人不會接受自己的心意，就以朋友為優先，壓抑自己的感情。然後還幫忙心上人，撮合他和他心儀的對象交往，這種事情沒這麼簡單就能做到。如果能做到，就表示有其他理由讓人非如此不可。

「對方不會接受自己的心意，但自己還是想讓對方知道。可是，又不想被討厭。希望讓重視的人幸福。各種感情錯綜複雜，自己已經不知道該如何是好。很難受，很想逃避……」

「腦袋和心意就是不肯好好相處的感覺……真的很討厭耶……」

葵花說得沒錯。理智與感情有著相反的結論時，就會像互斥的磁鐵一樣，硬是兜不在一塊。

無論腦子裡怎麼強硬地主張應該這麼做，心就是會反抗。

「所以，妳們才會這樣想吧？既然沒辦法死心，那麼只要製造出能夠讓自己死心的藉口

就好。妳們用讓重視的人幸福這個大義名分來把自己正當化，為了結束自己的心意，『企圖利用 Pansy 同學』。」

心上人有了女朋友。這樣一來，就有上好的藉口可以讓自己死心。就是為了這個目的，她們兩個才會想撮合 Pansy 和水管變成男女朋友。

「是這樣，沒錯吧？」

Cosmos 一邊翻開筆記本，一邊對 Cherry 與月見這麼說。

「啊、啊哈哈……妳好厲害啊，Cosmos 仔……全都說對了……」

她們兩人低頭不語，過了一會兒……

「…………妳說得沒錯。」

Cherry 死心似的笑了笑，月見小聲承認，表情顯得無力。

「唉～～！穿幫啦！沒錯！妳們說的全～～都沒錯！我和月見仔是為了結束自己的心意，才企圖利用堇子仔！這樣妳們滿意了嗎？」

Cherry 吐露出先前一直隱瞞的真正心聲。

說話的同時還以過去我們不曾見過的凶狠視線，恨不得射穿 Pansy 似的瞪著她。

「可是，我們總可以有這點權利吧？畢竟就是堇子仔害得我們兩個這麼慘啊！只要沒有堇子仔，事情就不會弄成這樣了！我們本來應該可以過著更開心、更幸福的日子！」

「全都是……堇子不好。」

Cherry 與月見第一次流露出惡意。

我想也不想，把 Pansy 藏到自己背後，就感覺到她用力抓住我的制服衣襬。

「什麼叫想平靜過日子！什麼叫想一個人獨處！明明拿得到我們最寶貝的東西，卻一臉理所當然的表情說妳不要！我一直一直討厭妳這嘴臉！全都是妳不好！我最討厭妳了！」

「不能原諒……太詐了……」

看樣子這仇結得比我想像中還深啊……

畢竟從國中到現在，已經五年了啊……怨恨當然會深了。

「才不是……才不是 Pansy 的錯……」

葵花站到瞪著 Pansy 的她們兩人面前。

她將雙手攤開到極限，用她小小的身體不讓 Pansy 進入她們兩人的視野。

「月見、Cherry 學姊，聽我說。我腦子很笨，也許沒辦法好好說清楚，可是……呃……我討厭這樣。我討厭……不好好說清楚。我以前明明有個好喜歡的對象，卻沒好好說出來就結束了。那個時候，感覺好糟糕……」

以前，葵花和 Cosmos 都沒能對小桑表白心意。

雖說小桑主動察覺了她們的心意，但沒能主動表白清楚大概還是讓她留下了後悔吧。

「那個時候啊，這個人喜歡 Pansy。我起初確實覺得 Pansy 很詐，我這麼努力都沒辦法讓他喜歡我，Pansy 沒在努力卻讓他喜歡上她，我就覺得她這樣好詐。可是……最狡猾的是我，是害怕、逃避的我。」

葵花雖然傻呼呼的，但並不是什麼都沒在想。

相信當時也一樣，她雖然沒說出口，其實想了很多。

「Pansy 沒有錯！錯的是我！是沒能好好說出來的我！所以我做了決定！決定下次要好好說出來！我喜歡花灑！最喜歡花灑了！就算花灑喜歡別的女生，我還是喜歡他！就算花灑選了別的女生，我還是喜歡！我最喜歡最喜歡最喜歡他了！」

那個，葵花同學……不善表達的妳盡力說出來的這番話，深深穿進了我胸口。

這種發言啊，該怎麼說，實在是希望妳能等狀況稍微穩定了再說……

「花灑同學，現在不是這種時候。」

「我、我知道啦！」

「花灑同學，當然我也最、最最最……最喜歡你了……」

「當然我也最喜歡你了，花灑！」

咿～～～！被連喊這麼多次最喜歡，我卻覺得很害怕！有夠害怕～～！

「所以啊，月見，Cherry 學姊……我們加油吧？只要好好加油，就會開心喔。雖然會害怕……但還是會開心。」

「葵、葵花仔……可是，我們……」

「…………可是……」

好厲害啊，葵花。雖然妳一番話說得七零八落，但已經說進了 Cherry 和月見心裡。

剛才她們渾濁的感情已經幾乎完全消失。

只是，即使知道該這麼做，跟實際去做應該還是兩回事。

她們兩個都還在遲疑，顯得不知如何是好。

也是啦，難免。在這種狀況下，突然被別人叫去表白就真的敢去表白的話，誰也不用那麼辛苦了。

「不用擔心！不用那麼害怕，只要話裡有真心，對方就會懂的！」

這時，換之前一直靜觀其變的翌檜以滿面笑容這麼說。

她甩動馬尾，把愛用的紅筆轉個不停，顯得十分開心。

「就算被拒絕也沒什麼關係吧？即使對方不接受，接下來要怎麼做，都是看妳們自己！比起一直不說出自己的心意，乾脆說出來還比較痛快，而且很多事情也會比較好辦！這是我的經驗談，所以錯不了！」

順便問一下，妳可知道妳痛快完，讓很多事變得比較好辦之後，也有人會因此為難？

這是我的經驗談，錯不了。

「嗚！話、話是這麼說沒錯啦……可是，也得顧慮到之後的關係之類的……」

「這不成問題！妳們重視的人是個會因為沒辦法回應妳們的心意，就看不起妳們的人嗎？不是吧？妳們應該不會喜歡上這樣的人吧？」

真有妳的，翌檜，毫不留情就把她們的退路一一堵死……

都說到這個地步，想退也沒得退了吧。

別在意啊，Cherry、月見。

「我也贊成翌檜同學的意見。Cherry同學、月見同學，妳們應該坦率地表白妳們的心意。如果因為對方不會接受就什麼都不說，利用別人來了結自己的心意，這種事情還是別做比較好。因為這樣一來，留下的……就只有後悔。」

「不用擔心！我和花灑很要好！我現在就還能跟他在一起！」

我們家的女主角們實在太靠得住，真令人傷腦筋。

「「…………」」

有那麼短短一瞬間，我們所在的通道籠罩在沉默之中。

而當這陣沉默過去……

「唉～～！真拿妳們三個沒辦法啊～～！我萬萬沒想到，竟然會全都被拆穿！而且還用這麼粗暴的方法硬逼出我們的心意，妳們可比堇子仔還惡劣耶。」

「這些人好討厭。」

雖然口氣很差，但看她們的表情就知道。

她們兩個彷彿擺脫了以往一直困住她們的「詛咒」，表情十分清爽。

真的是，還好交給了Cosmos她們來處理。換作是我，就達不到這一步。

「……嗯，也對。與其做出這種事，還不如好好說出來。我也這麼覺得。我一直心裡不痛快，而且我也不想就這樣繼續耍詐。」

「我也要說出來。」

Cherry 和月見深深吸氣，吐氣。

這似乎讓她們的心情鎮定下來，只見她們的腳步不再像剛剛那麼粗暴，而是踩著溫和的步伐，這次真的走向水管身前。

「月見、Cherry 會長……」

「水管仔，可以請你聽我們講幾句話嗎……？」

「聽我說……我的心意。」

「……好的。」

這一刻終於來臨，水管繃緊了表情。

她們兩人以水汪汪的眼睛看著水管，露出我認識她們以來最有魅力的模樣。

「我最喜歡水管仔了！所以，我想當你的女朋友！」

「我喜歡……水管！讓我待在……你身邊……」

我知道水管會怎麼回答。

無論她們兩個說的話多麼吸引人，這小子應該都不會改變心意。

這種事用不著我來說。相信不管是 Cherry 還是月見，都非常清楚。

但她們兩人還是好好說出了自己的心意。

「對不起。我……沒辦法回應妳們兩位的心意。」

很單純的拒絕方式，說是很有水管的作風，也確實如此。

該怎麼說，我還承蒙她們三個寬限回答期限，水管卻好好做出了回答，讓我痛切感受到我和他的差異有多大。我這個人，真的……好沒出息……

「……嗚。」

「啊、啊哈哈！嗯！我早就知道……知道是知道……還是好難受啊～～……！」

月見坦率地流淚，Cherry 則試圖以笑容掩飾，但終究掩飾不住。

她的雙眼流下大顆的淚水，她用右臂用力搓揉，努力不讓大家看見眼淚，但眼淚仍然不停溢出。

長年醞釀的心意被拒絕的瞬間，即使不關自己的事……看了還是難受啊。

「好了……那麼，這次……總該交出髮夾了吧……月見仔。」

「……嗯。」

她們兩人結束一連串對話，儘管眼淚還在流，仍各自用力握緊了手上的髮夾。

然後……

「花灑仔，我不認為應該待在堇子仔身邊的人是你。可是，我不希望堇子仔待在水管仔身邊，所以……………髮夾給你。」

「……謝謝妳。」

Cherry 將髮夾輕輕遞給我。

接著是月見……

「花灑，多虧了你，我才能好好地說出來。我好高興……可是，我不要水管難過。所以…………水管，收下髮夾。」

「……謝謝妳……月見。」

她不是交給我，而是以無力的動作將髮夾交給水管。

到了這一步，我持有的髮夾數是「1」，而水管是「4」。

這一瞬間，葵花、Cosmos 和翌檜露出了五味雜陳的表情。

這也難怪。畢竟最先交出的一批髮夾一共是「6」個。

即使加上依據地區大賽決賽勝敗決定給誰的份，也只有「7」。

而「4」這個數字已經過了半數。也就是說，這個數字已經確定能夠獲勝。

「花灑，這樣一來就分出勝——」

「還沒呢，水管。」

我攔住正要宣告勝利的水管，說了這句話。

一場對決結束了。Cherry 和月見，這兩名沒能開口把心意告訴水管的少女所進行的挑戰，已經告一段落。

接下來才是重頭戲！接著，我就讓大家見識見識我的計畫成果！

相信大家也都察覺了吧？我想鑽規則漏洞，贏得勝利。

可是這……絕不意味著我和水管的投票對決結束。

「……嗨，久等啦，花灑。」

聽到這個聲音的瞬間，每個人都瞪大眼睛看著來者。

「喔。就等妳來啊…………小椿。」

現身的一名少女是我的同班同學，也是打工處的店長洋木茅春……通稱「小椿」。

本來這個人物和這場打賭完全沒關係，不應該出現在這裡。

「呃……小椿，怎麼啦？今天妳不是說要在球場外擺攤嗎……」

「我請金本哥代替我頂著一下。金本哥雖然不會炸肉串，但我已經先炸好了一大堆，離開一下子應該不要緊呢。」

我之所以找金本哥來球場，並不是因為希望他來加油。

是為了在這個時間把小椿叫來這裡，才找他來代替小椿顧攤。

只是為了答謝金本哥，我也提供了暑假期間他想放假時就可以跟我換班的權利……

「那、那麼小椿，妳為什麼會來這裡？這個……是為了什麼？」

「當然是為了助花灑一臂之力呢。」

小椿俐落地眨了眨一隻眼睛，對我微笑。真是多虧妳趕來啊……

「嗯。不好意思，可以馬上麻煩妳嗎？」

「嗯，知道了呢。」

小椿點點頭，來到我身邊。

然後從口袋裡拿出一個東西。

是一個髮夾，和 Pansy 平常戴的髮夾一模一樣。

「我認為花灑才該待在 Pansy 身邊，所以髮夾就交給你呢。」

然後，她將髮夾交給我。

「咦？咦咦咦咦咦！等、等等，花灑！這是怎麼回事？」

翌檜見狀，代表眾人驚呼。

「慢、慢著，翌檜同學！呃，規則是……原來啊！原來是這麼回事啊！原來如此！花灑同學，你真的很會耍小聰明！坦白說，我真的看傻眼了喔。」

「我就當作是讚美收下了。」

好～～了！那麼這次，我就真的要講解我這個計畫的「真正目的」了。

為此，我們就重新複習一次這次打賭的規則吧！

「地區大賽的決賽中，若是西木蔦高中獲勝，我就可以得到一個髮夾。」

「地區大賽的決賽中，若是唐菖蒲高中獲勝，水管就可以得到一個髮夾。」

「每個人最多只能交出一個髮夾！一個人不可以給出超過一個髮夾。」

「一旦交出的髮夾，就不能討回來。」

「當葵花等六個人都交出髮夾，且地區大賽的決賽結束，這場對決也就宣告結束。」

「髮夾只能在我與水管都在場的時候交出。」

「髮夾禁止搶奪。只有憑當事人自身意志交出的髮夾算數。」

「輸掉的一方，絕對要接受處罰。」

這套規則有漏洞。本來應該有一條規則是一定要補上的。

那就是……

「你們訂出的規則裡，沒有『只能』從妳們六個人手上拿到髮夾！也就是說，『只要是有髮夾的女生，誰都可以』，沒錯吧？」

這兩週來，我始終受到監視，無法行動。

所以，我就利用唯一可以自由行動的今天，一直去說服「其他女生」！

去說服願意答應站在我這邊，願意在這一刻來到這個地方把髮夾交給我的女生！

「啊！對喔！原來啊！啊哈哈！花灑，你好詐喔！」

「原來如此。所以你之前才會誇口說絕對拿得到兩個髮夾啊？這下我可想通了。原來那句話指的不是 Pansy 和 Cherry 學姊她們，而是指其他人啊！」

「就是這麼回事。我也挺有一套的吧？」

葵花和翌檜笑著注視我。

「花灑仔……看你好像自信滿滿……可是這相當卑鄙吧？」

「垃圾。」

好痛！Cherry 和月見的話深深刺進我心裡。月見尤其過分！

直截了當的話語準確地戳中我的痛處！

哼！我就是卑鄙！嘿嘿嘿嘿！只要贏了就好啊，只要能贏！

而且我也不是什麼都進行得很順利啊！過程中也有很多失敗啊！

像是被我撞到而打翻手上飲料的西木蔦女學生，還有前往三壘方向看台途中遇見的雙胞胎少女。我也對她們提出了請求，但不是被罵就是被她們尖叫拒絕，讓我有夠傷心的！

可～～是呢！我當然不是只有失敗！成功案例當然也是有的！

「大哥哥，久等了！」

「欸！不要用跑的！很危險耶！……啊，如月同學，我們剛剛才見過。」

「是的！我們剛剛見過！就等妳們呢！」

在小椿之後來的是一對姊妹。

是我進了球場後遇到的走失少女曜子小妹妹與她姊姊。

當然，她們也願意協助我。我帶曜子小妹妹找到她姊姊後，不忘拜託她們：「等打到第九局，請妳們來找我，把髮夾交給我。」

「請收下！大哥哥，這樣就行了嗎？」

「那麼，我也……來。」

「謝謝妳們。妳們能來，真的幫了我很大的忙。」

「不會，沒什麼！那我們去看比賽了！掰掰～～」

「啊，不要那麼趕！妳真是的！……那如月同學，雖然我搞不太懂，還請你加油喔！」

「我會的！」

「那我也差不多要回去顧攤了呢。花灑，等比賽結束後，你要是忘記來拿，我可是會生氣呢。因為我準備了一大堆。」

「我知道，別擔心……還有，多虧妳啦，小椿。」

「呵呵。被男生請求幫忙這種事情，是我的初體驗之9，所以還挺有趣的呢。」

妹妹走丟的姊妹，還有小椿，都從我們面前離開了。

「好了，水管……這樣一來，我們就同分了吧。」

兩姊妹給我「2」，小椿給我「1」，全部加起來有「4」。

這樣一來，我就追上水管啦。

「花灑……」

水管的表情極為冷靜，看似絲毫不為所動。

但我並未忽略他的臉頰在微微抽搐。

這只是猜測，我想他內心應該急得很了。

畢竟，還沒完呢。

「那、那個～～如月學長……我來了。」

「喔，就等妳啊！不好意思！謝啦！」

接著抵達的是個淚眼汪汪的少女。

是我第二次去一壘方向看台時，拚命在找鑰匙的西木蔦高中一年級女生。

「哪裡……畢竟學長好像很急，而且幫我找到鑰匙的恩情也該還……請收下！」

少女把髮夾交給我。這樣一來……我就有「5」了。

少女交出髮夾的同時，朝我一鞠躬後離開。看樣子她也許還挺怕生的。

「……這些就是全部嗎……？……花灑？」

水管用慌張的聲音對我問起。

「誰知道呢？恐怕還很難說吧？」

哼！別小看我了！

如果一共只有「5」，那麼Pansy髮夾的去向與比賽結果對我不利的話，水管不就還有機會反敗為勝嗎！

還沒呢……還有。還有其他會把髮夾交給我的……可靠的伙伴……

「呀喝，花灑！久等啦！」

「哇！真的在對決！好像很好玩！」

「來啦，山茶花！妳要站最前面啦。」

「山茶花 GO GO！不要害羞！」

「等、等等，不要推我啦！第一個不是我又沒什麼……」

沒錯，就是紅人群的各位！

「不好意思啊，山茶花，還讓妳特地跑一趟……」

「沒、沒什麼啊～～！我今天湊巧就是好想把髮夾交給你！所以，你可不要會錯意了！真的是湊巧！我只是剛好想交給你！」

「好、好喔……」

紅人群的各位咻咻咻地依序把髮夾交給我，數目合計有五個。

這樣一來，我擁有的髮夾數就是「10」，即使比起水管的「4」也是壓倒性勝利！

哪怕西木蔦輸掉球賽，Pansy 的髮夾交給水管，水管也只有「6」！

實實在在是壓倒性的差距！差距已經擴大到會讓他輸得體無完膚！

「好了，那我們回去吧！啊，山茶花要留在這裡看到最後，麻煩妳啦！」

「啥啊！不、不用啦！我也跟大家一起回去！」

「是嗎？那就換我留——」

「我、我就破例為妳們留下吧！」

啊，山茶花要留下啊？也是啦，承蒙她幫忙，我也不討厭她留下。嗯，真的。

「「「「……Marvelous！」」」」

紅人群的各位帥氣地離開了。

「……好了，水管，你該不會說這是犯規吧？我用這招可是確實遵守了規則喔。」

「我明白的。你沒做不對的事，這是符合規則的正當手段。」

好～～！這樣一來就是我贏了！哎呀～～！辛苦得到回報的瞬間真～～的是棒透啦！之後只要一開始的六個人之中，尚未交出髮夾的Pansy趕快把髮夾交給我們當中的一個人，還有球賽結束，這場打賭就會以我大獲全勝收場！大團圓結局萬歲！

「呼……我要再問一次和剛剛一樣的問題。」

……如果有這麼順利就好了啊……

「你找來的女生，這樣就是全部了嗎？……花灑？」

「對……這些就是全部了。」

水管的表情少了先前流露出的焦急，顯得比較鎮定。

而這讓我心中的不祥預感迅速沸騰。

然後，該怎麼說，其實每次都是這樣啦……

「是嗎？我剛才還真有點擔心，但看來不要緊，我就放心了。」

我的不祥預感真的很準。

「我早知道你會鑽規則漏洞，但我還是不阻止你。你知道這是為什麼嗎？」

他口氣冷靜，毫不慌張，堅毅的態度沒有絲毫動搖。

「我和以往的我不同，我要正面打垮你，在你的擂臺上贏個徹底。也就是說啊……」

即使聽了水管這麼說，我也不如想像中那麼動搖，大概是因為早已做好了覺悟吧。

他已經連別人背地裡的心意都能體會，完全是我的向上相容版。

我怎麼想都不覺得這樣的人會乖乖被我打垮。

對。我早就知道了……雖然只是推測，但我早就猜到大概會是這樣了……

「我也採取了一樣的手段。」

就在同時，雷動的歡聲與盛大的腳步聲從看台一路迴盪到通道。

【我選的路是】

——大賀太陽　高中二年級　六月。

對某人而言不利，往往對另一個某人而言就是有利。

對花灑而言不利的事情，大抵對我都有利。

花舞展的時候也是這樣。畢竟就是多虧他身陷三劈疑雲，我才能得到和 Pansy 加深關係的機會。

可是，這次的事態對我有利的程度遠不是花舞展的時候所能相比。

花灑和 Pansy 吵架了。

真沒想到我什麼都沒做，他們兩人的關係就自己瓦解了。

我沒理由錯過這個機會。

所幸，前不久我甚至得到了「對花灑要殺要剮悉聽尊便」的權利。只要在當下的狀況動用這個權利，肯定可以排除花灑。

我只需要抓準他們兩人的關係決定性瓦解的時間點，站在 Pansy 那一邊，再利用這個權利對花灑這麼說：

「你再也不要接近 Pansy 和她說話。」

這樣一來，會來圖書室的男生，能和 Pansy 接觸的男生，就會只剩我一個。

雖然不至於變成情侶，但我能變成唯一待在她身邊的男生。這條件夠吸引人了吧？

所以，我立刻付諸行動。

「我跟你說，我什麼都不會幫。」

午休時間即將結束之際，我從圖書室回去的路上，把花灑帶進廁所，簡短地說了這麼一句話。

花灑似乎以為自己隱瞞住他和 Pansy 吵架的這件事，但遺憾的是根本明顯得不得了。也不想想我這些日子以來，是多麼仔細在看著你和 Pansy。

「……咦？」

「不好意思，我忙著參加社團。現在對我來說，應該放在第一優先的事就是棒球！啊！這點一直都是啊！哈哈哈哈哈！不過總之……就這麼回事，你自己加油吧！」

說話真真假假，這是我的拿手好戲。

當然了，說忙著參加社團，第一優先的事情是棒球，這是實話。

可是，幫花灑一把所需的這麼點餘力我總還有。我只是不想這麼做。

花舞展的時候，我是因為想到只要支持你就可以得到 Pansy 的心，才會展開行動。但就這次而言，幫你也不會讓我得到任何好處啊。

不，反而可以說會讓我吃虧。

畢竟「大賀」希望你們就這麼分手。

「喔、喔喔……我知道了……」

……喂，這是怎樣？你這什麼沒出息的態度？

是因為得不到我的幫助覺得遺憾？

哼！活該！那你就繼續痛苦吧！然後，給我從圖書室消失！

「只是，我就給你一個忠告。」

「忠告？」

好了，之後只要對花灑說出會讓他和 Pansy 的關係瓦解的話就行了！

畢竟只要是我說的話，他都會聽。就先保險點，叫他「暫時保持距離」吧？

「去年我們棒球校隊打進的地區大賽決賽，你還記得嗎？」

可是從我口中說出的話，卻和我自己預想好的話完全不一樣。

我知道自己為什麼會說出這種話……因為我討厭這樣。

我崇拜花灑，想變成像花灑這樣的人。

我沒辦法看著這樣一個人受苦而原地踏步的模樣。

……………讓我忍不住想助他一臂之力……

「還好啦……大致上記得。只是如果要我一五一十講出來，我就沒有把握了……」

「那我的第一打席呢？」

「那我可記得清清楚楚！就是你在第一球，明明是壞球卻打出全壘打那次吧？」

不要把我的功績一件件都談論得這麼興高采烈啦……

你為什麼每次都這樣？為什麼這麼看重我？

你不是已經知道我的本性了嗎？我是個混帳傢伙這一點，你不是早就清清楚楚了嗎？

「大賀」的確不受任何人喜歡，但若問到誰最討厭「大賀」……那肯定就是我自己。

「嘿嘿嘿！你記得這麼清楚，我可有多高興！只是啊，那個時候……我是事先決定好第一球絕對要全力揮棒，所以只是看到球就全力揮出去而已。」

「咦？是、是這樣喔？」

「對啊！其實我有夠緊張！就想說有沒有辦法可以舒緩緊張，然後就卯足全力揮棒！結果碰巧打到球，就變成全壘打了！」

我這個卑鄙小人又說了謊。

其實……那雖然是壞球，但我就是覺得確實打得中才會揮棒的。

「所以啊，花灑……就算是壞球，只要揮棒，有時候也是會打出全壘打。如果只因為不在好球帶就放過不打，可是會錯過機會喔。」

「呃……」

「所以，我不管什麼時候都會全力以赴！如果有什麼東西對自己來說很重要，想好好保護，那就別管什麼丟臉、見笑，懷著揮棒落空的覺悟去試試看也不壞啊！其實這話大家都在說，就是比賽結束之前誰輸誰贏沒有人知道！哈哈哈！」

這是我所尋求的理想。一個不害怕失敗，有勇氣去對抗的我，我真正想變成的我。

膽小而不敢踏出一步的我絕對達不到的境地。

我把自己的理想硬塞給了花灑。因為我有一種預感，覺得如果是他就達得到。

「喔、喔喔……」

「我要說的也就這樣而已！我們回教室去吧！要是不快一點，上課會遲到的！」

如果是這樣的忠告，不管花灑成功還是失敗，我都有好處。

如果他成功，我就可以得到他的感謝，他會覺得多虧有小桑的忠告才能和好。

如果他失敗，他們兩人的關係就會真的瓦解。

所以，這不成問題。當然了，花灑失敗時的好處比較大，所以我是期待這種情形發生。

……我說說而已。至少對自己就不要再說謊了吧。

花灑絕對能和 Pansy 和好，畢竟我都幫了他。

花舞展的時候，花灑明明知道我的本性，卻還接受我。和這樣的他相處，我就有了一個想法。

覺得即使是獨自一人就會很軟弱的我，只要和花灑一起，說不定就什麼事都辦得到。

所以，該搞定的時候你可要好好搞定啊……花灑。

☀

——現在。

「吼喔喔喔喔喔喔！這是大、大大大好機會！九局上半，打席從一號打者開始！一號打者樋口學長打出了二壘安打！再來，二號打者穴江學長雖然出局，樋口學長卻紮實地推進到三壘！現在是一人出局，三壘有人！打者是芝學長！後面等著的是四號打者大賀學長！唔哼咻～～！唔哼咻～～！」

蒲公英，我知道妳很興奮，但還是麻煩冷靜點……

不然聽了會有夠沒力的啦……

不過，蒲公英用講解的語氣所說的話並沒有錯。我們終於，終於等到機會了。跑者在三壘，而且還只一人出局。也就是說，幾乎肯定輪得到我打擊。

「來吧！大賀學長，輪到你上場了！請你狠～～狠地敲他一記！」

「好！包在我身上！」

二號打者穴江已經回來，所以這次換我走向打者等候圈。

而當我朝打擊區一看……

「好球！」

三號打者芝又對明顯到了極點的壞球大棒一揮，同時揮棒落空。

到頭來，芝在這場比賽輪到的打席，連一支安打也沒有。

每次都是揮棒打壞球而出局，再不然就是三振。

如果芝這個時候可以得分，那就幫了我們大忙……但看來是很難啊……

「好球！兩好！」

第二球也揮棒落空。芝會揮大棒試圖打出長打，唐菖蒲高中的球員也都看穿了這點，所以整體守備位置都已經靠後。

只是，我對這樣的芝沒有一句抱怨。

希望他拿下一分的心情當然是有的。

但我同時也希望他可以自由發揮……

芝從國小時就是這樣，他一直很想當英雄。

其實……我從很久以前就知道。

知道芝非常喜歡棒球，練球練得比誰都拚命。

是國中的畢業典禮上，棒球隊指導老師告訴我的。

這三年來，每次社團活動結束，我和學長一起練球時，芝都會一個人留下來練習打擊。

當時芝在廁所對花灑說的「我也有留下來練球」，這句話應該是真的吧？然後等我們上了高中，芝還是繼續這樣練球。有一次社團練習結束後，我去找芝，就看到芝在體育館後面揮棒。

你拚命想爬上第一名而努力的模樣鼓舞了我，讓我覺得自己也不能輸。就這點而言，我很感謝你……

芝，要不是有你在，我也沒辦法變得這麼強。

說不定根本沒能打棒球打到現在。

所以啊……這地區大賽的決賽，就隨你發揮吧。

就算你不行，也還有我……咦？

「壞球！」

就在這個時候，我看見了。

芝對三壘方向跑者發出了一個只有西木蔦高中棒球隊看得懂的信號。

然後他和先前不一樣，對壞球不揮棒了。

這似乎刺激到唐菖蒲高中投捕搭檔的危機感，只見投手表情微微一沉。

從他點頭的模樣來看，似乎是在說：「下一球要投好球。」

喂、喂，芝……你，該不會……

「…………！」

我的耳朵聽見的是一個很小聲，真的很小聲的金屬球棒和球碰撞的聲響。

芝打出的這一球並未飛上天空，而是無力地在一壘線上劃出一條軌道。

接著……

「出局！」

裁判的喊聲，同時爆出一陣前所未有的歡呼。

發出歡呼聲的不是唐菖蒲高中的加油席，是西木蔦高中的加油席。

明明出局卻發出這種歡呼，理由很簡單。

……得分了……得分了！我們拿到一分啦！

芝，原來你一直在等這一瞬間？故意一直揮大棒，等對方球隊大意的這一瞬間來臨。你一直在等有人上三壘？

然後，你就趁這個機會打了出去…………打出犧牲打。

犧牲打。犧牲自己，以短打將三壘跑者送回本壘的戰術。

兩週前，我和花灑談話時就曾問他：「打出安打或全壘打就好。可是，如果面對的是個很厲害的投手，兩者都沒辦法輕易辦到，打者該怎麼做？……你應該懂吧？」這個問題的答案就是犧牲打。

從芝的個性來想，他絕對不會這樣打。過去他從來不曾打過犧牲打。

可是，他卻這麼紮紮實實……打出一支完全出乎唐菖蒲高中意料的犧牲打……

相信你一定一直在暗中練習吧……

計分板上亮起了一個數字。

先前整排的數字「0」旁邊，亮起了一個小小的「1」，證明了芝的努力。

「哇啊啊啊！樋口學長，歡迎回來！芝學長，這一打太漂亮了！」

在一壘出局的芝與跑回本壘的樋口學長一回到板凳區，大家立刻湧上歡呼。我看著這情形，站上了打擊區。

「啊！我都忘了！大賀學長的打席要喊的是……唔哼！唔哼〜〜！唔哼唔哼哼！」

蒲公英從板凳區衝出來，指揮啦啦隊。結果……

「「「「「OK！大賀！交給我，大賀！看我狠狠敲出一支全壘打！」」」」」

啦啦隊喊出為我設計的加油詞。

可是，先前的光景深深烙印在我眼中，讓我聽不進去。

我還滿腦子不知所措，忍不住對飛來的第一球全力揮棒……

「三人出局！攻守交換！」

……我搞砸了。

球飛上天，輕而易舉地被收進中外野手的手套。

「大賀學長！別放在心上！可是，好戲才要開始！只剩一局，我們死守住這一分吧！這樣一來，我們就會贏球！唔哼〜〜！」

「喔、喔喔！沒錯！」

我勉強按捺住錯亂的思緒，回答了蒲公英。

不行……思緒理不清。我無法相信芝竟然會做出這樣的舉動。

所以，我忍不住再度走了過去。

走向在板凳區最裡頭穿著護具的……芝的身前。

「我、我說啊……芝……」

「幹嘛？」

我的態度畏畏縮縮。我知道這不是「小桑」該有的態度。

儘管有所自覺，但我就是沒辦法演好我自己……這樣實在不行啊。

「謝、謝啦！多虧你拿到一分，我們應該贏得了！真的……多虧你了！」

「…………」

芝停下穿戴護具的手，起身來到我身前。

身高一七四公分。明明是我比較高，我卻陷入一種被他俯視的錯覺。這應該是因為我內心深處對他還是有點害怕。

「我們的隊員全都太善良，動不動就會表現在臉上。所以在成功之前，我都沒打算告訴任何人。」

「咦？」

「包括這支犧牲打，還有對你的心意。」

「對我的，心意？」

我還不太能把視線對到芝身上，他就這麼說，開始翻找自己的球衣口袋。接著，他拿出一個東西遞向我。

「……這個，還你。」

「這是……」

他重重放到我手掌上的，是一個鑰匙圈。

道奇隊背號16號的球衣……野茂的鑰匙圈。

我國小時一直當成寶貝帶在身上，「弄丟」的東西。

「為什麼，你會有……」

我知道。這個鑰匙圈，是國小時芝為了排擠我而藏起來的我的寶貝。

可是，為什麼他一直帶著？

為什麼在現在這個時機還給我？

「全都是……我搞出來的。國小的時候，大家對你的排擠。」

「原、原來是這樣嗎……可是，為什麼你要現在說……」

「……我一直崇拜你……嫉妒你。」

「我、我？」

芝點了點頭。

「我好羨慕，羨慕被大家需要、依賴，而且能夠回應大家期待的你。相比之下，回應不了的我自己就好沒出息。不管我……不管我多麼努力都做不到的事，你卻若無其事就辦到……我一直想變成你……」

噢，原來是這樣啊？芝，原來我之於你，就像「花灑」之於我啊……

「所以，我想贏你，又贏不了你，就想把你拉下來。明知道這樣不對，但我就是無法停手。可是，你還是又爬了上來，而且還變得比以前強……變得比我強不知道多少倍……」

「芝……」

「我一直想道歉……但就是說不出口。因為我就是覺得一旦道歉就會否定自己，也就說不出話來。所以，我想肯定自己，又只顧著搞些不相關的事情，想再把你拉下來……我心裡很清楚。知道就算做這種事，對你不會管用。因為大賀這個人能做到我做不到的事情，因為我的搭檔……是個不得了的傢伙。」

你太看得起我啦。我不是那麼了不起的人。

我害怕被別人傷害，害怕被討厭而偽裝自己，是個沒出息的人……

不要對這樣的人低頭道歉。

「我真的……對過去種種——」

「芝！聽我說！那個……我想贏一個人……」

芝說著就要低下頭，我用雙手抓住他的肩膀這麼說。

夠了。芝的心意我已經充分了解了。所以，你不用道歉的……芝。

我和你也沒什麼兩樣，沒有立場責怪你。

「你會想贏一個人？」

「對，沒錯。不管我多麼努力都敵不過這個人，每次我想要什麼東西都被他摸走。真的是個不得了的傢伙。」

花灑在我陷害他之後原諒了我，接受了我。

雖然我認定自己做不到這種事，但我就是崇拜他。

總不能老是坐著看，偶爾也得爬著樓梯上去才行啊。

「芝的心情，我很能體會。我也差不多。所以，說我不會放在心上……就是騙人了吧。畢竟我聽了很受打擊，心裡也很不舒服。可是，就算這樣……我還是沒生氣。所以，你不用道歉……！」

我說花灑，這樣一來，我是不是離你近了一點？

不過你可別會錯意啊。我不是因為想變成你才原諒芝，也不是因為不想被芝更討厭才原諒他。

雖然我們之間發生過很多事，但芝是我重要的、跟我合作最久的搭檔。

所以，我想好好跟他和好。

「好啦！最後一局，就由我跟你……不對，是大家一起漂亮地贏下來吧！芝，你還記得吧？烏雲老爹對我們說了什麼？」

「當然……我當然記得……！」

看到我的笑容，芝首次露出了笑容。

那是一種像是解開了「詛咒」，神清氣爽的表情。

「棒球是團隊運動。個人的能力雖然重要，但只靠個人根本贏不了球！有空懷疑自己，不如相信別人！這就是棒球！沒錯吧……『小桑』！」

「嘿，你明明很懂嘛！不愧是我的搭檔啊！」

好了，最後一局，唐菖蒲高中是從二號打者開始上場。

……花灑，你那邊狀況怎麼樣？

真是的……說不替我加油，還真的就不來了，你實在是很無情無義啊。

不過，沒關係。只有這次，我破例原諒你。

既然是為了保護 Pansy，那就沒辦法。

你應該早就懂了吧？「懂我和 Pansy 定的那個約定真正的含意」。

……既然這樣，就讓水管他們見識見識吧。

讓他們見識只要我跟你聯手，我們就無所不能。

我們的致勝一擊

「花灑，你最大的失敗，就是當你在球場上第一次遇到我時，沒有立刻開始對決。」

水管全身散發出勝利者的霸氣，對我這麼說。

「你應該早就發現了吧？發現我們第一次碰到的時候，我是故意放你走。因為我還扯了個什麼『收訊不好』這種露骨的謊。」

我在我們現在的位置，也就是球場通道，拿出手機朝畫面一看，是有訊號的。

唉……早在當初 Cosmos 接著就打電話來的時候，我就懷疑過多半是這樣，果然沒錯啊。

如果這純粹是劇情需要才發生的幸運，那才理想啊……

「其實啊，我從你和 Cosmos 學姊還有葵花一起來到球場的時候，就一直在觀察你。因為我一直很不安，擔心你會用某種我根本意料不到的方法贏得勝利。」

水管的話說得很平淡，讓我覺得自己就像個被一一唸出罪狀的死刑犯。

「所以，我才會找從 Cherry 學姊手中逃脫的你說話。當時，我的目的是查出你打的主意。我問你：『你還有別的事情要做？』結果你是這麼回答我的吧？你說：『只是在和 Pansy 說說話，也跟 Cherry 學姊說說話。』其實……『還有一個』吧？」

現階段的髮夾數是我「10」，水管「4」。

儘管被我拉開壓倒性的差距，水管的態度仍然絲毫不顯得焦急。

「……這個嘛，我是這麼說的嗎？」

我盡可能要自己保持平常心回答，不知道有沒有辦到。

不，再掩飾也是白費工夫啊……因為立場已經完全逆轉了。

「你幫剛才來過的那個走丟的小妹妹帶過路，這點你當時就瞞著我不說，對吧？」

沒錯。我擔心一旦把我帶曜子小妹妹找姊姊的事情告訴水管，就有可能被他發現我真正的計畫，所以特意不說。

「這讓我立刻猜到是怎麼回事。想到花灑除了一開始就給過的女生之外，還想從其他女生手上收到髮夾。」

看來我從那個時候就已經墮入水管的策略了。

不過，哪怕我老實說，我的對手卻是個連別人背地裡的心意都已經懂了的最強男。

相信無論怎麼做，我的計畫都會在那個時候就穿幫吧……

「……真的好險。原來我們第一次碰到時，被逼得無路可退的人不是你，而是我。要是你那個時候立刻開始比，我現在很可能已經輸了。我內心一直緊張得很呢，擔心如果花灑說要當場開始比個輸贏，那該怎麼辦才好。」

我的不祥預感真的是準得過火了啊。

而且，還是最壞中的最壞情形……

「所以，我為了做好準備，說謊從你身邊逃開。這還是我第一次要躲一個人，而且好死不死，逃避的對象還是我最不想輸的你。這比我想像中更屈辱，讓我非常不甘心，而這也讓我更想徹底逼得你無路可退。」

水管說得沒錯，我現在已經被逼得無路可退。

雖說尚未實際交付，但來到水管背後的唐菖蒲高中女學生人數多得非同小可。只是大概看一眼，起碼就有五十人。

簡直令人聯想到偶像明星的握手會，人多得完全堵死了球場通道。

這人數遠遠超越我現在擁有的髮夾總數。

「……真的是多虧妳們特地趕來。」

水管轉過身去，對到場的女生們道謝。

結果這聲道謝就像成了信號，到場的女生們紛紛露出開朗的笑容。

「包在我們身上！既然是水管拜託，我們當然要來啦！我們還先離開球場，做好了準備才來！」

「嗯……那差不多可以拜託妳們開始了嗎？」

也不知道是從哪兒準備來的，只見水管從口袋裡拿出一個折起來的塑膠袋。

我的票只要兩隻手就數得完，但他竟然還不夠喔……

「ＯＫ！我們人多，髮夾交完的人就先回觀眾席喔！」

到場的女生們全都陸續把髮夾交給水管。

「謝謝大家。多虧妳們，我大概贏得了我最想贏的對手。」

水管笑咪咪地道謝，女生們也以同樣的笑容回應。

接著把髮夾交給水管後就離開現場，回到觀眾席。

「我的髮夾一共有『98』……花灑，不知道你有幾個。」

「全部加起來……是『10』個。」

這就是我和水管的差距。從今天的對決開始後，明明是我先開始找各式各樣的人拜託，晚開始的水管所收集到的髮夾數量卻是壓倒性地多。

這傢伙根本是怪物吧……我為什麼會搞到得跟這種傢伙打賭不可啊……

「比賽還沒結束，你現在要去找其他女生幫忙也行喔。快點，去啊？去拜託其他女生：『希望妳把髮夾交給我。』這樣一來，我想你獲勝的可能性總會多少提升一點點。」

這……應該不是同情吧。

水管是想徹底打垮我，讓 Pansy 見識到他和我的差距有多大。

所以，他才特意給我機會。

為的是讓我切身體認到我們之間絕對的實力差距大得即使我醜陋地掙扎也不管用。

「不……夠了……是我輸了。」

「是喔？沒想到你還挺乾脆的。我還以為你一定還要垂死掙扎呢。」

不巧的是我可不會上你的當。我已經掙扎夠了，不需要再掙扎。

「還有，我有一件事要告訴大家。這是剛才我和花灑兩個人討論之後決定的，那就是處罰的內容變了。既然花灑沒說，就由我來說吧。」

「咦？變更處罰內容……是嗎？」

翌檜歪過頭瞪大眼睛。

這傢伙，真的是想徹底逼得我無路可退啊……

「沒錯。處罰的內容變成『再也不准接近堇子及堇子的所有朋友，也不能和他們說話』。也就是說如果花灑輸了，妳們就再也不能跟他來往，葵花、Cosmos 學姊、翌檜。」

「哪、哪有這樣的！咱、咱根本沒聽說！」

翌檜切換成津輕腔感到震驚，Cosmos 與葵花也露出驚愕的表情。

「所以我現在告訴妳們啊。不巧的是，這不能收回，而且花灑已經答應了。」

「是、是真的嗎！花灑同學？」

「是……是真的，Cosmos 會長。我提議這場打賭，Cosmos 會長妳們提議規則，所以水管就提議處罰內容。」

「那我們要更改給髮夾的對象……」

「『一旦交出的髮夾，就不能討回來』。規則就是這樣喔，Cosmos 學姊。」

「天、天啊……」

Cosmos 對水管無話可答，當場垂頭喪氣。

「那我也要給花灑！我要給他很多！這樣……」

「『一個人最多只能交出一個髮夾給花灑或我。不可以從一個女生手上拿到很多髮夾』。只有妳一個人給很多髮夾，是違規的喔，葵花。」

「啊嗚！怎、怎麼辦……」

葵花慌慌張張地想要行動，但被水管這句話阻止了。

「水管，你太卑鄙哩！在髮夾交出來以後才把咱們都扯進去……」

「所以呢？花灑不也做了夠多卑鄙的事情嗎？我們是半斤八兩。而且妳放心，如果妳們想繼續和花灑來往，倒是有個好方法。」

「好方法……？」

「沒錯。被包含在處罰中的女生是『堇子的所有朋友』。也就是，只要不當就好了。」

水管大概就是為了說出這句話，才會在這個時機提起處罰變更的事情吧。

這不是為了孤立 Pansy。如果 Cosmos 她們在這個時候不再當她朋友，那就能讓她體認到她們之間的關係「不過如此」。

然後，他就是打算確立一件事，確立他才是比任何人都更把 Pansy 放在心上的男人這樣的立場。

「妳們要怎麼做？我都無所謂喔。」

「「「…………」」」

聽水管這麼說，三人互相注視，窘迫，沉默不語。

我不明白 Cosmos 她們到底在想什麼。

「算了，無所謂。那麼……堇子。」

水管似乎對我和 Cosmos 她們已經失去興趣，不再看我，而是看著 Pansy。

他的眼神中已經完全沒有先前對我散發的敵意，有著溫和的光芒。

「我過去一直都沒發現妳……不，是沒發現大家真正的心意。我真的覺得很過意不去……可是，現在不一樣了。現在的我不會再讓妳悲傷、難過。我確信自己絕對比花灑更能讓妳幸福，所以……」

水管說到這裡，頓了頓。可是，在場的每個人都知道。

知道接下來水管打算說出什麼話……

「希望妳當我的女朋友。」

以往水管未能察覺 Pansy 真正的心意，也未能察覺其他女生對自己的好感。但水管這次的表白和以前不一樣。把國中時代也算進來，就是第四次。他對 Pansy 第四次表白。

「我、我……」

Pansy 不及細想，把視線從直視著她的水管身上移開。

她的態度像是個不知道該怎麼做才好的小孩子。

「我知道妳有喜歡的人。但是抱歉，請妳忘了那個人。然後，希望妳只看著我一個。」

相信無論 Cherry 還是月見，都沒想到水管會說得這麼強硬吧。

她們兩個都睜圓了眼睛看著水管。

「妳什麼都不用擔心。憑我，絕對能讓妳幸福。」

「你讓我幸福？」

「是啊。妳回想一下國中時代的情形吧。當妳遇到困難，幫助妳的人就是我耶，不是花灑。他不只是趕不上拯救妳脫離危機，甚至沒來救妳。而且，到現在妳遇到困難的時候，花灑可曾幫助過妳？」

「……沒有。」

Pansy 遇到困難時，我一次都不曾解救她脫離危機。

到頭來，圖書室要關閉時我也幫不上忙。後來我為了解開 Pansy 的「詛咒」，向水管挑戰，結果就是弄成這樣……我一敗塗地。

「對吧？而且這場打賭已經失去當初的意義。『因為我已經懂得去體會了』。」

Cherry 和月見隱瞞不說的心意已經迎來某種結局，所以就連我唯一勝過水管的「了解別人背地裡的心意」這點，如今也成了過去式。

這場打賭的意義，只剩下水管是否能夠排除我而已。

而他現在大概就是在完成這件事。

「我的故事裡，妳是不可或缺的。沒有妳不行。所以不要再看著配角，好好看著主角……可以吧？」

配角……是吧？這個字眼很貼切，很適合用來指稱我。

因為我在水管的故事裡是個礙事的人，也是個會被狠狠教訓過後消失的人。

「葉月同學……」

「堇子……」

水管走上前，慢慢拉近與 Pansy 的距離。

為了將 Pansy 從他自己所下的「詛咒」中解放出來。

「……嗯？堇子，妳怎麼了？」

Pansy 退開一步，與水管拉開距離。

我立刻懂了她這個行動意味著什麼。

「……打賭還沒結束呢。」

「對喔，妳的髮夾還沒交出來呢……那麼堇子，趕快把妳的髮夾交給我或花灑。當然我是希望妳可以交給我，但妳想交給誰就儘管交給那個人……可是，這樣就結束了。等交出髮夾，我希望妳可以只看著我一個人。」

水管再度走向退開一步的Pansy。

然後，當他來到Pansy身前，便輕輕伸出手……

「……你這是什麼意思？花灑？」

「他的手被我用力抓住」。

「可以請你放手嗎？你已經輸給我了，不是嗎？」

事態的發展和自己所描繪的未來不一樣，讓水管以厭煩的表情瞪著我。

然而，我無視於他的視線，再度看向Cosmos她們。

「Cosmos會長、葵花、翌檜，告訴我……如果我輸了，妳們打算怎麼辦？」

我的這個問題讓她們三人全身一震。然而，相信她們早已有了決心。

她們以不再有先前那些迷惘的真摯眼神看著我……

「我不打算停止當Pansy的友人。既然我跟她同時還是競爭對手，要競爭時我就不會放水，但這不是競爭。所以……要是花灑同學輸了，我就再也不跟你來往……」

「我也是……因為我就是Pansy的朋友啊！」

「咱也，不反對了……」

「……是嗎？」

多謝妳們啦。因為我也覺得這樣比較好啊……

「……這就是你最後的抵抗了嗎？」

水管厭煩的表情中透出些許懊惱。

Cosmos 她們的回答大概不合他的心意吧。

「……水管，我想問你一個問題。你剛剛說過，你從我來到球場的時候到第一次分開，都一直看著我，對吧？」

「對啊。你第一個就找上菫子，為了髮夾的事情去拜託她，然後去跟其他女生說話，這些我全都看到了啊。」

唉……今年的我有過太多形形色色的不幸，讓我都想哀嘆自己是不是被詛咒了。但從某種角度來看，這是好的經驗。真的是太會給我搞出意料之外的事態了。

我可沒想到好不容易有了作為主角的自覺而努力，卻會被別的主角說成配角（路人）啊……

算了，沒關係啦。

不管誰怎麼說，水管的故事裡，主角肯定是水管，不是我。

而對配角（我）大獲全勝的主角（水管）正走向公主（Pansy）。

活脫脫就是王道愛情喜劇的劇情。

正因如此…………現在正是讓這個主角大爺知道厲害的時候。

「這樣啊……那我就告訴你一個祕密。」

讓他知道現實可沒這麼簡單！

「我為了髮夾去拜託的第一個人，『不是Pansy』！」

「哦～～這樣啊……所以，這又怎麼了？是鬥敗的狗在隔空吠叫嗎？」

Pansy……全都多虧了妳啊。

多虧妳直到最後關頭……都特意不把髮夾交給任何人，引開水管的注意力，幫我「爭取時間」。我在對決開始前對妳說的話，妳真的好好聽懂了啊……

「我說水管啊，你剛剛說了吧？說『我的故事裡，主角是我』。」

胸口湧起一股昂揚感。我任由這股感情驅使，笑著這麼說。

「我是說了，這又怎麼了？這不是當然的嗎？」

「是啊，是當然……也就是說我的故事裡，主角就是我，沒錯吧？這你當然也懂吧？」

「別問我這種理所當然的問題。夠了吧？那我要和堇子……唔！」

他想揮開我的手然後走向Pansy，所以我用力壓住他的手。

你太天真了，別以為這麼簡單就能接近Pansy……

「你不要太過分！你再瞎纏下去，我可不會白白放過你！」

「那我要問下一個問題了。主角面前出現一個他無論如何也贏不了的對手，是那種無論採取什麼手段都凌駕在自己之上的對手。換作是你，為了贏這個對手，你會怎麼做？」

「你還沒完？唉……想也知道只能努力到贏他為止吧？」

哈！不愧是王道愛情喜劇的主角！說的話就是不一樣！

你可能辛苦過，卻從來沒有一件事到最後都沒能完成，才會說出這麼一句話吧。

可是，不巧的是現實可沒這麼簡單。

如果知道只要努力就能達成，大家都會努力。

就是因為有些事情無論多麼努力都無濟於事，才會有人放棄。

「這也是正確答案的一種。可是……我的答案不一樣。」

「不一樣？那麼換作是你，你打算怎麼做？」

我就是在等你問這個問題。好了，是時候幫這個最強主角上一課了。

讓他知道當壓倒性的強敵出現時，像我這種無力的主角會採取什麼樣的手段！

我從一開始就不認為只靠計畫的「第一階段」就贏得了。

所以，我才一點都不疏於準備……

「水管……『我是輸了』，輸得很徹底。了不起……你真的是每一件事都凌駕在我之上。

可是啊……『我們可還沒輸』！」

「我……我們？」

「我遇到你的時候，的確隱瞞了我帶走丟的小妹妹去找家人的事。可是啊，我隱瞞的事情只有那件嗎？……不對……應該還有一件吧？」

「還、還有一件？」

「你果然沒發現啊。這就是我和你的差別。」

讓他見識見識……見識我的計畫當中的……………「第二階段」！

「什麼？你又想做什麼無謂的抵抗了？既然這樣，就看決賽——」

「你要問比賽的話，已經打完啦。」

「……咦？你、你是……！」

這個人物打斷水管的話，告知比賽已經結束。

看到這個人，我笑了。

這個人就是我在這個球場第一個為了髮夾的事找上的人。

這個人有著身高一八〇公分的魁梧體格，運動萬能，成績還好。

我在這世上比誰都信任、依靠的這個人就是……

「就等你了啊…………小桑。」

棒球隊的王牌球員，大賀太陽。

「嘿！還敢說你等我咧！花灑，你可太會使喚人啦。」

骯髒的球衣，滿頭大汗的臉。即使如此，仍不改他一貫的熱血笑容。

這只是推測，但我想他多半是「比賽剛結束」就急忙趕來這裡。

「可是，你這不是來了嗎？那就沒有問題。」

當 Pansy 等六人全都交出髮夾，球賽結束，打賭就宣告結束。也就是說，即使比賽結束，「如果一開始拿到髮夾的六個人尚未全部交出」，打賭就不會結束！

所以我才請 Pansy 幫我爭取時間，為的就是在這一刻，把小桑找來這裡。

「如月學長，謝謝你送飲料來慰勞！那些飲料，棒球隊的隊員和我都喝了！」

從小桑背後探頭的這個女生，是棒球隊的經理蒲公英，本名蒲田公英。雖然不知道發生了什麼事，但她眼睛有點腫。

「噢，能幫上忙真是太好了。」

「唔哼哼哼！能送飲料給最心愛的我喝，你一定也幸福到不行吧？畢竟今天我更是可愛得出類拔萃！」

我應該是不耐煩到不行吧。

畢竟今天妳也是煩得出類拔萃。

「妳是……蒲公英！」

啊啊，我都忘了，水管和蒲公英是同一間國中出身啊。

然後，記得這女的也喜歡水管……

「是的！好久不見了，葉月學長！……啊！看學長的表情，該不會是許久沒見的我成長得太惹人憐愛，讓學長心動到停不下來？唔吼吼吼！」

也太興奮了！有夠正向思考！

水管的臉怎麼看都不像在心動吧……

「啊！如月學長，請把之前你借走的一整袋髮夾還給我！因為大賀學長拜託我這件事以後，我就請家人從我那個太迷人的房間，拿了備用再備用的六十個髮夾來，但大概還是不夠！唔哼哼哼！」

「知道了……來，拿去。」

「謝謝學長！那麼，請收下這個！這是拿來裝髮夾的！」

我拿出借來後藏在書包裡的整袋髮夾，交給蒲公英。

而蒲公英交給我的，是自己戴在頭上的一個比較小的棒球隊球帽。

「話說回來，花灑早上有夠好笑啊！你還一邊叫賣飲料，一邊跑來我們棒球隊的集合地點找我們說話啊！」

「有、有什麼辦法！也不知道是請攤販小哥讓我躲一下的回報，還是該說被威脅……總之，我有很多苦衷！」

「是嗎！你又扛起各種怪事了吧！」

我拜託小桑幫忙打賭的這件事，是在比賽開始之前。

就在我在烤雞肉串攤躲了一陣子，相對地被命令幫忙叫賣的時候。

我已經先聽翌檜說：「蒲公英好像已經告訴小桑打賭的事。」所以知道小桑知情。

因此我也想過打電話或發簡訊之類的手段，但心想還是應該直接見面拜託，所以一直在等待機會。然後，機會就在今天。

為了激勵棒球隊的隊員，許多西木蔦的學生一大早就來到位於球場北出口的棒球隊集合地點，而我就採取了混在這些學生裡的方法。

我以前當路人可不是白當的！要藏一棵樹就藏進森林！要藏我就藏進路人堆！

只是，大家都是來加油的，總不能只有我來拜託小桑幫忙打賭的事，所以我只能不清不楚地說上一句：「拜託你啦！」

可是，這樣就夠了……畢竟小桑對我說了。

他說：「相信我，等著吧！」

所以我就聽他的，相信他，等他來。等待我在這世上最信任的人……

「花灑！來幫棒球隊加油的啦啦隊、管樂社，還有其他來加油的大家……總之我看到一個就拉一個，全都一股腦地拉來啦！」

真的是……女生的人數也太猛啦……

讓我深切感受到他和我的差距。

小桑果然厲害啊……

「這……！」

哼哼哼……水管這小子，動搖得遠遠不是剛才所能比擬。

哎呀～～！總算看到你這表情啦！你活該！

「水管，你很厲害，不管做什麼都凌駕在我之上。正因為這樣，我才會想到。我『預測到你一定會做出我意料之外的行動』。老實說，我剛才可真嚇到了。因為我作夢也沒想到，你竟然會找來那麼多女生。」

「花、花灑……！」

不是我自己來，而是「由小桑在沒有水管在場的地方，說服其他女生」。

這就是我這個計畫的第二階段！

「好啊～～！那就麻煩大家啦！」

小桑一聲令下，蒲公英以及西木蔦高中的女學生們都點了點頭。

然後，她們聚集到我身前……

「唔哼哼！那麼就從我開始！如月學長，由你待在三色院學姊身邊，對我比較有利，所以我就交給你！學長可要好好感謝我！」

「好。這次我就好心感謝妳，蒲公英。」

我先從蒲公英手中接下了一個髮夾。數目當然是「1」。

「各位，比賽已經結束，但我們的加油還沒結束！我們要把髮夾交給這邊這一位！」

接著上來的是一個看似啦啦隊隊長的捲髮少女。

不管是千金小姐的口氣還是髮型，都很新穎……

「我是西木蔦高中三年級！擔任啦啦隊隊長的大本千槍子！請叫我『大千本槍（Garbera）』！那麼，請收下我的髮夾！」（註：日文「大千本槍」即為大丁草）

這名字何止新穎！

「呃、呃……謝謝妳，大千本，槍子學姊……」

「NonNonNon！是大千，本槍子！姓『大千』，名叫『本槍子』！」

妳在這麼短的時間裡是要把角色形象堆到多突出才滿意啦！

是怎樣！她的父母給親生女兒取了個名字叫作「發呆妹」喔？（註：「本槍子」的發音ぼんやりこ音同「發呆妹」）

讓我也太想看看她父母長什麼德行了！

不管怎麼說，這本槍子又稱Garbera把髮夾交給我之後，啦啦隊、管樂社以及其他來加油的學生們都紛紛跟著把髮夾交給我。然後……

「這樣一來，我的髮夾數就是『98』，跟你同分啦……水管。」

「花……花灑……！」

水管，你是我的向上相容版，不管做什麼都凌駕在我之上。

可是啊……正因為這樣，你要比差勁可就贏不了我！

別以為要比卑鄙的手段，你有這麼簡單就贏得了我！

「對、對了！比、比賽結果！比賽結果怎麼樣了？」

水管以慌張的聲音對小桑這麼問起。

「喔！對喔！還有比賽的份啊。哈哈！我都忘啦！」

小桑燦爛地露出熱血的微笑。光是擺出這種態度，我就明白了。

是嗎……！是這樣啊！太好了！真的是太好了……

「蒲公英，這個我拿走啦！」

「真沒辦法呢～～！我就特別送給學長吧！」

小桑拿下蒲公英所戴的髮夾，收進手中之後……

「這是比賽的份！收下吧！好友（花灑）！」

「好！我確實收下啦！好友（小桑）！」

我牢牢抓住小桑交給我的髮夾，緊緊握住。

握住這個證明我們贏得所有勝利的髮夾……

這樣一來，我的髮夾數就是「99」，成功超越了水管一分。

「這！這、這麼說來，贏球的是……」

水管感到窘迫，小桑就帶著一貫的熱血笑容站到我身旁。

我和這樣的小桑……

「「這就是，我們的致勝一擊。」」

沒錯，我們異口同聲對水管說出了這句話。

「好了，那麼花灑，我要回去啦！之後的事，就隨你愛怎麼做啦！」

「唔哼！那我也回去了！我要去祝賀棒球隊的大家！」

「知道了！比賽辛苦啦！多虧你們來幫我啊！謝啦！」

小桑對我露出開朗的笑容，轉身離去。

蒲公英也跟了過去。

「……啊，糟糕！我忘了一件事！」

但他走到一半似乎想起了什麼，有點慌張地又走回來。

只是，小桑不是來到我身前，而是走到 Pansy 身前。

「Pansy，我們有過約定對吧？就是『如果西木蔦高中在地區大賽的決賽獲勝，Pansy 就要當我的女朋友』。」

「…………是啊。」

聽到小桑這麼說時，我的胸口一陣絞痛。

……我已經知道了，知道小桑和 Pansy 定下這個約定的真正含意。

其實我很想阻止。可是，我阻止不了。

因為當我知道時，已經是在他們約定之後……

「不好意思，約定還是當作沒發生過吧！」

小桑不改臉上的笑容這麼說。

……他從一開始就打算這麼做。

和不說謊的 Pansy 立下了一個為了由他主動打破而立的約定。

他就是這樣犧牲自己的心意，假裝和我敵對，告訴我一件事。

告訴我即使 Pansy 有了男朋友，水管也不會罷手……

「我想專心打棒球，現在沒空交女朋友！」

「……我知道了…………對不起。」

Pansy 靜靜低頭，吐出道歉的話。

說話時還全身發抖，用力握緊拳頭。

「哈哈！毀約的人是我，妳不要道歉啦！那我真的要走啦！…………再見！Pansy！」

「好…………再見了，小桑。」

小桑到最後都不改臉上的笑容，說完這句話就離開了。

謝謝……小桑。從一開始到最後，你都一直在幫我……

「……還沒。」

等小桑和蒲公英等人離開，產生一瞬間的寂靜，水管吐出了這句話。

他踩著搖搖晃晃像是隨時都會跌倒的腳步，狠狠瞪著我。

「的確，我的髮夾數目比花灑少！可是，只少了一個！既然這樣，還有可能平手！如此一來，就彼此都不用被處罰！」

沒錯，比賽已經結束，我也不再有可能受處罰。然而，還有平手的可能。

因為有唯一的女生尚未交出髮夾。

「堇、堇子！把妳的髮夾給我！這樣一來，我們就會平手！」

「喂，水管，你是怎麼啦？怎麼和剛剛說的話不一樣？本來你不是說 Pansy 的髮夾交給誰都行？」

「少囉唆！你閉嘴！堇子，趕快給我！要是妳不肯給我……」

「『髮夾不可以硬搶，只有確實出於當事人意志所給的才算數』。規則就是這樣喔……水管同學？」

「唔！Cosmos 學姊！」

水管走向 Pansy 企圖硬搶髮夾，Cosmos 攔在他身前。

還附帶這句像是回敬剛才那幾下的話。

「唔！那麼，只要馬上去拜託其他女生……」

「『髮夾只能在花灑和水管都在場的地方交出』。對決也要進入高潮了！水管，我話先說在前面，你可別想跑！」

「翌、翌檜！」

水管轉身就要離開，翌檜卻擋在他前面。

還拿愛用的紅筆指著水管，顯然不打算讓他跑掉。

「嘻嘻！『我們六個人交出髮夾，地區大賽的決賽結束後，這場打賭就算結束』。Pansy！之後只要妳交出髮夾就會結束了！快點快點！」

「連葵花都這樣！」

葵花對 Pansy 露出天真無邪的笑容，發出活潑的喊聲。

沒錯。接下來只剩一個女生還可以交出髮夾。只剩三色院菫子。

「我提議打賭的內容，Cosmos 會長妳們提議規則，你提出處罰內容。你剛才不也說過嗎？難道說，你打算毀約？」

「花、花灑……！該死！你為什麼要這樣死纏著我！只要沒有你、只要沒有你……！」

「喂喂，你有時間理我嗎？」

看到我笑得剽悍，水管露出驚覺不對的表情。

他先前的閒情逸致已經消失得無影無蹤，完全是一副被逼得無路可退的人會有的態度。

「堇子，妳會給我吧？妳想想，以後我也會保護妳，而且圖書室的事我也會一直幫妳！不然乾脆我轉學到西木蔦高中也行！所以，把髮夾給我……！」

你總算變得有點人味了嘛，水管。我還比較喜歡這樣的你呢。

你學到教訓了吧？人一旦得意忘形，就是會立刻嚐到苦果！

「對了！Cherry 學姊和月見也幫我勸她！勸堇子把髮夾給我！妳們想想，妳們對堇子也有恩！只要妳們開口，說不定堇子就會……！」

看來只要有東西能抓，你就什麼都會抓住不放啊。

可是啊，就算你拜託 Cherry 和月見……

「水管仔……這不行吧。我想尊重堇子仔的意思……」

「對不起，水管。我……辦不到。」

無法幫上水管的忙，讓 Cherry 和月見露出難過的表情。

她們兩個都很清楚。

清楚 Pansy 不是會因為她們說話就輕易被說動的人。

「Pansy，儘管隨妳高興吧。」

「……花灑同學。」

我知道能夠確實拿到 Pansy 髮夾的方法。

可是，我不打算動用這個方法。

如果水管還是以前的水管，我大概已經用了。但現在的這小子，已經成長為一個能好好懂得他人心意的人。

既然這樣，即使不動用這種手段，Pansy 的心意應該也能讓他知道。

「我剛剛不也說過嗎？該下決定的不是我，是妳。」

Pansy 的「詛咒」，還是該由 Pansy 自己來解開。

我能做的，就只有小小幫一點忙。

也是啦，我終究只是壞掉的「花灑」，派不上多大用場。

頂多只能送一點水給花，接下來就看花自己的造化了。

「Pansy，不管妳選什麼，我都沒意見。妳愛怎麼耍得人團團轉都行。」

「堇、堇子！給我！除了我以外，沒有人能讓妳幸福！所以……」

「…………」

Pansy 對我和水管說的話都沒有反應，靜靜地低頭不語。

然而過了一陣子，她採取了一個行動。

Pansy 開始緩緩解開辮子，接著拿下眼鏡。

許久沒有看見 Pansy 的真面目。雖然不巧的是胸部仍然平坦，但她還是那麼漂亮。

「好猛！原來花舞展上的那個女生就是她……？」

我都忍不住倒抽一口氣，山茶花更是震驚得不得了。

只是，Pansy 為什麼要在人這麼多的地方露出真面目？

「國中時代的事情，就得由國中時代的我來完結才行吧？」

噢……是這麼回事啊？懂了。

妳喔，行動每次都有夠難懂的。

「葉月同學，你聽我說。」

平淡而沒有情緒的嗓音。當水管理解 Pansy 是在對他說話，就懷抱著一線希望看著她，吞了吞口水。

「你的心意，我確實收到了。你變成了一個非常棒的人，善良又堅強，卻又能好好體會別人的心情。我認為你對女生而言，是理想的男性。」

不是平常那種平淡的語氣，是帶著點溫柔，蘊含了罪惡感的聲音。

這一定是表示 Pansy 做出了覺悟。

為了說出國中時代一直說不出口的話……為了打破自己的「詛咒」。

「真、真的？謝謝妳！就是說啊，妳怎麼會有理由拒絕我……」

「還剩下一件事，是你辦不到的。」

「是、是什麼事情呢？只要妳肯說，我一定會讓自己辦到！只要是為了妳，我什麼都辦得到，所以告訴我——」

「你，不是花灑同學。」

「這……！」

什麼都辦得到這種話不要隨隨便便就說出口。

就算水管再有本事，也辦不到這件事吧……而且我覺得最好根本就別去做。

「葉月同學，謝謝你在我國中時代遇到困難的時候幫助我。即使升上高中，當圖書室面臨關閉危機時，你也來幫助我，我真的很感謝你。我欠你很多恩情，如果能和你在一起，想必每天都能過得很快樂。可是，我……」

水管的臉色迅速轉為蒼白。

因為他已經知道了。知道 Pansy 接下來要說什麼。

「喜歡花灑。」

這和 Pansy 第一次對我表白時所說的話一字不差。

和那一天我覺得怎麼喜歡大爺我的就妳一個時所說的話一模一樣。

Pansy 對水管說出這句話之後，並沒拿出我交給她的髮夾，而是取下戴在自己頭上的一個髮夾……

「花灑同學，我想待在你身邊。所以，希望你收下這個髮夾。」

她把髮夾遞向我。

「謝啦，我很高興。」

「呵呵呵，我也是。這解釋為我們是兩情相悅，沒有問題嗎？」

「算是吧，以這次來說……這樣解釋沒問題。」

「我非常開心。」

Pansy 緊緊握住我的手臂。

「這樣一來，我的髮夾總數……就是剛好『１００』。」

然後所有髮夾已經交付完畢，比賽也結束，這就表示……

「水管……打賭結束了。」

「哪、哪有……哪有這樣的！我也……！」

水管嘴唇顫抖，失去了先前所有的餘裕與溫和，以蘊含怨念的眼神瞪著我。

可惜啊……不過呢，這次你不管怎麼掙扎都贏不了我。

即使你開始懂得體會別人背地裡的心意，你還是有事情不懂。

最重要的事物，你都沒在看……我就來告訴你。

「水管，你的世界太小了。當自己是主角不是壞事，可是幹嘛讓故事就在這一步完結？讓世界開闊點。這樣一來，你就會知道這世上還有很多其他的主角，而且這些傢伙有夠靠得住的。」

「唔！唔～～～！也不想想你只不過是個配角……！還敢給我得寸進尺……！」

「對，在你的故事裡，我的確是配角（路人）。可是啊……我不是會配合你的需要行動的棋子！我是憑自己的意思，盡力在做自己想做的事情！別把配角（路人）看扁了！」

我的名字叫如月雨露，是個隨處可見的平凡主角。

正因為這樣，我才要和別人合作！互相支持！

只要少了一個人，這次我就贏不了……

幫忙說服 Cherry 和月見的 Cosmos、葵花、翌檜。

特地來把髮夾交給我的小椿與山茶花，以及其他幾個女生。

吸引水管的注意，幫我爭取時間，還把最後一個髮夾交給我的 Pansy。

除此自己的份以外，還幫我準備了大量髮夾的蒲公英。

以及，幫我找來一大群我自己根本叫不動的女生，我最棒的好朋友小桑。

我就是做到了這個地步！我們所有人攜手合作，怎麼可能有贏不了的對手！

「要贏得勝利，不可或缺的才不只是努力。你現在應該切身體認到了吧？」

我明白高中生活裡最令人有興趣的事情就是戀愛，但並不是只有戀愛。

這麼說有點過意不去，但即使沒有什麼男女朋友，高中生活一樣可以過得開心。

可是啊，能一起幹傻事搞出革命情感的最棒的好朋友……卻是萬萬不能少。

「你只顧著搞愛情喜劇，沒去看最重要的東西。這就是你輸掉的原因。」

「開什麼玩笑！憑你一個人根本贏不了我！」

水管似乎再也控制不了情緒，朝我揮出拳頭。左臉頰上傳來一陣衝擊與疼痛。

「……很痛耶。沒頭沒腦就打人……你的心情我是懂啦，但你這下可糟了喔。」

「什麼意思啦！」

「葉月同學，你打了花灑同學……打了我喜歡的人是吧。」

「……啊！不、不是！這是……」

他似乎察覺到自己採取的行動非常失敗，但已經太遲了。

Pansy 以幾乎要射穿人的冰冷眼神瞪著水管。

「真是的……他臉的形狀本來就已經太有個性了，要是這一拳下去，形狀變得更離奇，你是要怎麼賠我？」

喂，不要若無其事地傷害我。幹嘛才剛完全復活就對我毒舌？

「對、對不起，董子！那個，我是一時氣憤……」

「你該道歉的對象不是我吧？」

「糟、糟了——」

這是不折不扣的自掘墳墓。

現在的水管已經完全陷入泥沼，不管做什麼都是反效果。

「『輸掉的一方一定要執行處罰』。你再也不要接近我和我的朋友，也不要和我跟我的朋友說話。」

「哪、哪有這樣的！」

「葉月同學……我最討厭你了。」

「啊、啊啊……」

這句話就成了致命一擊。

水管被 Pansy 丟下一句「最討厭你」，當場無力地軟倒。

「水管仔！」

「水管！」

Cherry 和月見趕緊去扶他，但他沒有反應。

只像個斷了線的傀儡，低頭不語。

「哎，總之……」

我看著陷入恍惚狀態的水管，淡淡地開了口。

好了，差不多該告一段落了，畢竟還剩下一件該做的事啊。

就是我請她們寬限一點時間，還沒做出回答的「那件事」。

為了完成這件事，也該讓我和水管的對決到此為止了。

「這場賭注……是我們獲勝。」

【我最後用的是】

——大賀太陽　高中二年級　七月　夜路上。

地區大賽開打前不久，難得社團沒有活動的一天，我放學後來到圖書室一看，發現情形和平常不太一樣。

有幾個我不認識的外校學生跑來幫忙西木蔦高中的圖書室業務，而花灑硬是在防著這幾個人。

為什麼呢——這個疑問只維持了一瞬間。看到圖書室內的情形後，我立刻就懂了。

因為 Pansy 很不會應付這幾個人。

然後等圖書室業務結束，他們當中的一個男生就想單獨和 Pansy 一起回家。

花灑似乎想阻止，但他失敗了，所以換我自告奮勇。

我胡扯說我和 Pansy 要去同一個車站搭車。話說回來，我這麼做倒不是為了花灑，是為了我自己。我只是想盡可能和 Pansy 在一起。

「……原來如此。所以 Pansy 才會怕水管啊？」

「是啊……就是這麼回事。」

夜晚回家路上，我送 Pansy 回家，並請她告訴我事情原委。

我們西木蔦高中的圖書室瀕臨關閉的危機，而從唐菖蒲高中趕來的幫手，就是這個叫水管的男生。

Pansy 說水管是她國中時代的同班同學，對她有戀愛情感。

Pansy 不打算回應他的心意。然而，Pansy 以前曾蒙他拯救脫離危機，所以覺得拒絕他就像是恩將仇報。

也是啦，這問題的確不好處理……

聽在別人耳裡，多半只會覺得這是兩碼子事，但當事人應該就沒這麼單純了吧。

「對不起。你正要面臨重大的比賽，卻還特地讓你陪我……」

「不，妳別放在心上！這也是訓練的一環！」

再加上 Pansy 還很在意她把我們牽連進自己的恩怨。

……好了，我要怎麼辦？

說來對 Pansy 過意不去，但這怎麼想都是前所未有的最佳良機。

現在 Pansy 變得很脆弱，在求救。既然這樣，不就輪到我出場了嗎？

只要能在這個時候保護 Pansy，不就可以讓她的心意轉移到我身上？

我曾鼓起勇氣對她表白，被她拒絕。可是，還沒完呢。

所以……我要說！說我會保護妳，會待在妳身邊！

「我、我說啊……！」

「……什麼事？」

「沒、沒有，沒什麼！」

這一瞬間，喉嚨竄過一陣燒灼似的疼痛，讓我含糊其辭。

以前我單獨和「她」回家時，正想表白的那一瞬間，「她」對我說的話。

我困在一種恐懼裡，害怕搞不好 Pansy 也會說出同樣的話。

到頭來，我就是這麼一個人，除非用奸詐的手段讓自己站上有利的立場，不然就不敢展開行動。

而且，夠格當 Pansy 騎士的人不是我。

是花灑。相信即使我什麼都不做，他也會來救 Pansy。

的確，我覺得水管是個很厲害的人。只接觸今天這麼一天，我就充分了解了這點。

可是，花灑也不輸他。

……不，看在我眼裡，甚至覺得花灑遠比他優秀。

所以我就乖乖聽 Pansy 說話，盡量多享受一下我們獨處的時光……

「我非常擔心花灑。因為他一定會太拚命……」

……喂，Pansy，妳剛剛說什麼？

妳說擔心他？因為他會太拚命？

「花灑同學他是個非常善良，非常容易受傷的人。他明明什麼事都沒做錯，卻被我害得遍體鱗傷…………我不要這樣。」

別開玩笑了……！妳看不起花灑嗎？他的確是個沒出息的傢伙。

被我背叛的時候、在花舞展時暫且和大家保持距離的時候、和 Pansy 吵架的時候，不管什麼時候，他都三兩下就受傷、沮喪。

每次都是這樣，他會因為一點小事就沮喪、灰心、感到挫折。

但是啊，他都會不斷復活，回來時變得更堅強！

「就是說啊～……啊！既然這樣，我倒有個好方法！」

我莫名地滿肚子火。Pansy，妳根本還不懂花灑。

妳根本不懂他有多厲害。

既然這樣……就由我來告訴妳……

以前我也對花灑說過這句話，叫他別管什麼丟臉、見笑，懷著揮棒落空的覺悟去試。

現在……就是這個時候。

「我和 Pansy 當男女朋友，這招怎麼樣？這樣一來，水管和花灑就不會再對妳有所動作！而且老實說，我就是喜歡 Pansy！我會保護妳的！」

交織謊言與真實，是我的拿手好戲。

即使我和 Pansy 成了男女朋友，花灑也不可能見死不救。

我知道他絕對會為了 Pansy 而行動。這點是謊言。

而我喜歡 Pansy 的心意，則是真實。

做出覺悟的瞬間，我很乾脆地說出以往都說不出口的話，這樣的自己讓我很震驚。

「怎麼樣？」

……好了，結果呢？如果 Pansy 願意答應，那就完全成功。

然後，如果她拒絕……

「對、對不起……這……我辦不到。」

……………我想也是啊。就如我所料……

唉……我不怕丟臉見笑，懷著揮棒落空的覺悟去試，結果真的揮棒落空了……

這就是我和花灑的差距。其實，我從很久以前就知道了。

知道我……不，是知道「大賀」不會被任何人選上，會一直被拒絕。

就算這樣，我還是像個溺水的人連稻草也要抓住似的，懷著一線希望罷了。

「即使我有男朋友，葉月同學也一定不會有任何改變。而且我，對花灑同學……」

「可以告訴我一件事嗎？」

「什麼事呢？」

我明明才剛慘痛地失戀，卻發現自己的心情是那麼神清氣爽。

甚至覺得緊張的一方反而是 Pansy。

說來是很沒出息啦，可是……知道是花灑被 Pansy 選上，讓我鬆了一口氣。

就好像證明了我崇拜的人果然很厲害。

「我是說如果，如果有個人，花灑能做的事情他全都能做，而且還什麼都比花灑優秀，妳會怎麼做？」

「這是兩回事。花灑同學就是花灑同學，所以我才喜歡他。」

「這樣啊……我就知道……」

巧的是，Pansy 說的話和國中時代的「她」完全一樣。

這樣一來，我……「大賀」的乾坤一擲就結束了。

接下來，就是該展現我們的本事的時候了吧……

「既然如此，我們就這麼辦吧。我希望妳跟我約定，『如果在地區大賽的決賽中，西木蔦高中贏球，Pansy 就當我的女朋友』。」

「這、這我辦不──」

「我說 Pansy，妳知道約定這種東西是為了什麼而存在的嗎？」

我打斷 Pansy 的話，這麼說道：

「這是我自己的論調，我認為約定這種東西『不是用來遵守，是用來讓對方知道自己的心意』。是為了讓對方知道自己有多重視一樣事物，才要遵守約定。所以啊……一旦有了對自己來說更重要的東西，約定這種東西就不用遵守。」

約定不是用來束縛人，是自己該去達成的目標，也是一種手段。

為了讓約定的對象知道自己有多麼重視對方……

「…………我想說的意思，妳應該明白吧？」

「可、可是，這……」

Pansy 是個聰明的女生，所以她一定已經懂了我的想法。

但她還是無法跟我立下約定，是因為她是個善良的女生。

「Pansy，妳就跟我賭一把吧。」

「賭、賭一把？」

「對。妳跟我約定當男女朋友，把這件事告訴花灑，把他拖出這個局面。如果他就這麼挫敗，就算妳贏。可是……如果他又回來，就是我贏。」

真是的，我到底在搞什麼啊……

被自己喜歡得不得了的女生甩掉，又開倒車回去當支持者啦？

可是，真是不可思議，我一點也沒有像之前那樣的心情。

「妳不是擔心花灑嗎？那麼這可是個好辦法。如果妳贏了，花灑就會遠離這件事，也就會很安全。當然，我也會幫忙，我會徹底拒絕他。」

硬塞難題給你，實在不好意思啊……花灑。

可是啊，這是為了保護 Pansy。說來抱歉，但還是請你多擔待。

「然後，如果妳輸了……到時候妳就要相信花灑。」

「可是這樣一來，你……」

「妳這是多管閒事。Pansy，我就是要告訴妳。告訴妳花灑是個多厲害的傢伙。妳一定不知道吧？只要我和花灑聯手，我們可是無所不能。所以算我求妳……跟我約定。」

「…………我明白了……」

不矯飾的「大賀」這麼一說，Pansy 的頭就微微點了一下。

這是答應的證明。證明 Pansy 願意和我立下這個約定。

「……對不起。對不起。」

眼淚從 Pansy 的雙眼不停溢出。

「就說沒關係了。妳別放在心上。」

唉……其實我是希望讓自己喜歡的女生笑，卻把她弄哭，真是糟透了……

其實，我很想溫柔地安慰 Pansy，想讓她放心。

可是憑我，就是不行。

憑我，就算能擁抱她的身體，卻擁抱不了她的心。

所以我一根手指也沒碰 Pansy，一路送她回家。

……這就是我和 Pansy 這個約定的真相。

一個從一開始就決定要由我來毀約的，不能說是謊言也不能說是真實的約定。

而到了隔天，Pansy 把和我的約定告訴花灑，拒絕了他。

接下來全都如我所料。

花灑理解了一切，完全復活，回到 Pansy 身邊去了。

看吧，Pansy，我就說吧？我就說花灑一定會回來。

這樣一來，跟妳的打賭，贏的人就是我。

好了，花灑，我們就一起告訴 Pansy 吧。

告訴她只要你和我聯手，我們就無所不能。

☀

——現在……時間稍微往前回溯。

「大賀學長！最後一局守備開始前……請戴這個！」

九局下半，我從板凳上起身，正要走向投手丘，蒲公英就叫住了我。

「咦？這是……？」

蒲公英遞給我的，是她一直戴到剛剛的西木蔦高中棒球帽。為什麼要拿這帽子給我？

「唔哼哼哼！這頂帽子，灌注了全世界最希望大賀學長贏球的心意！所以，請學長戴這頂帽子！」

這世上有這種帽子存在？

所以妳就是為了在這個時候把帽子交給我，才會從一開始就戴著這頂鬆垮垮的帽子喔？

是沒關係啦，既然妳叫我戴，我是會戴啦……

「謝啦！那妳要戴我的帽子嗎？」

「不用！我有帶自己的帽子來，請學長放心！」

「喔、喔喔……」

「請學長加油喔！只剩一局了！唔哼～～！」

總覺得她好像嫌棄了我的帽子，讓我有點受傷……

也是啦，想來我打到現在流的汗都滲進帽子了啦……

「最後一局，我們一起拿下來吧！小桑！」

「說得也是……芝！」

芝面帶笑容迎接換了帽子的我，兩人一起走向場上。

好了，終於打到最後一局，如果這第九局下半可以壓制住對手，我們就會贏。

不用怕。我行的……才不會跟去年一樣……

——真的不要緊嗎？

「————！」

瞬間，我陷入一種像是心臟被人一把抓住的錯覺。

……一分差，九局下半，對方從二號打者輪起。

這種肯定得和四號打者對決的狀況化為一股強烈的壓力湧向我，讓我擔心會不會和去年一樣，在最後關頭被打擊出去而輸球。

我心中有個膽小鬼「大賀」，就是他在害怕……

——要是被打到，你打算怎麼辦？

閉嘴。連芝的事情都解決了，根本就什麼也不用怕了吧？

——可是，比賽還沒結束吧？

所以才要去結束比賽啊！不要問這種廢話！

我站上最後一局，九局下半的投手丘，然後握緊球……

「…………喝！」

「好球！」

第一球，我拒絕了「大賀」的悲嘆，卯足體力全力投球。

今天最快的球。打者當然揮棒落空，連擦都沒擦到。

看我就這麼一路投完比賽！贏球的……是我們！

……可是，事情沒這麼順利。

我們雖然成功讓二號打者出局，卻被下一個上場的三號打者打出了安打。現在的狀況是一人出局，一壘有人，站在打擊區的打者……是他。

他身高一九〇公分，比我還高，眉目格外清秀。

是被譽為唐菖蒲高中……不，是今年高中棒球最強的打者……特正北風。

更是這場比賽中，所有打席都打出安打的打者。

面臨重大危機，隊友們都聚集到我身邊。他們紛紛說：「你體力還行嗎？」「要不要把守備後撤一點？」但我根本聽不進腦子裡。

「小桑……怎麼辦？要保送嗎？」

我讓心情鎮定下來，朝正前方一看，看見芝以認真的表情看著我。

其他隊員也一樣。想來他們聽了我的選擇後都會相信我。

「小桑」過去一直引領大家走到這一步。要相信他的力量。

——保送吧。

「當然要拚個高下！」

我以「小桑」的個性蓋過「大賀」的聲音這麼說。

不行……「小桑」無論處在什麼狀況下都會挺身對抗，是個強悍的熱血男兒。

怎麼可以在這個節骨眼逃避？所以，要拚……要拚個高下！

隊友們似乎都接受了我的選擇，以認真的表情點點頭，各自回到守備位置。

然後，比賽再度開始。

一壘方向看台的歡呼聲迴盪，一路傳到投手丘來。大家也都期待我。

西木蔦高中熱切盼望著打進甲子園的瞬間來臨。

——別把這種責任硬塞到我身上。

不是硬塞！是我自己決定要扛起來的！

「………」

特正那小子，用那種絕對要打出去的眼神瞪著我。

對喔，上次遇到他的時候，他就說過。

說去年沒能把我的球打出全壘打，所以今年一定要打出來。

分數只差一分，一壘有跑者。

也就是說，要是這個時候被他打出全壘打，就會變成逆轉再見全壘打。

所以對你來說，這舞台真是再好不過了是吧……

「……！」

第一球，我的全力投球被特正以全力揮棒擊中。界外球。

「…………嗯！」

接著第二球，再度是界外球。

每次我的心臟都受到壓迫，變得連呼吸都有困難。

兩好球，沒有壞球。

不用怕……被逼得無路可退的不是我，是特正。

只差一點了。就只差這麼一點了啊……

一壘方向看台傳來的歡呼聲也是卯足剩下的力氣死命嘶吼。我就化這些歡呼為力量……

——可是，聽不見啊……

……是啊。「大賀」說得沒錯……聽不見任何人的聲音啊。

Pansy、葵花、Cosmos學姊、小椿，還有花灑的聲音，平常都在一起的圖書室成員的聲音……我一個都沒聽見。

……我明白。花灑要和水管對決，Pansy、葵花與Cosmos學姊也都參加了這場對決。然後小椿則是在球場外擺攤。

所以，聽不見是理所當然的……但我還是覺得……好寂寞啊……

「…………糟糕！」

一瞬間的破綻。自己的內心產生的空隙。而這破綻就體現在我所投的球上。

特正不會錯過球威微微下降的球。所幸打出的球偏開，成了界外球，但一想到如果沒偏開的情形，就讓我汗毛直豎。

肯定已經成了全壘打……

——夠了，還是逃避吧……保送他比較好……我好怕……又好累啊……

說得也是啊。「大賀」，你說得對，我也已經累了。
而且我為什麼要這麼努力打棒球？
我已經被「她」，也被 Pansy 拒絕，失去了一切，為什麼還得努力？
而且我當「小桑」也已經當累了。那樣活力充沛地笑鬧很耗費體力。
跟我的名字一樣，太陽照射著投手丘，然而我的心卻極為冰冷。
畢竟我希望現在贏球後會高興的人，一個都不會高興耶。
跟我要好的那些人，誰都不來幫我加油，大家都只顧著其他人。
在這種情形下，贏了有什麼用？
當然他們事後是會幫我慶祝啦，可是我現在就想要有人幫我加油。
一個為我加油的人都沒有，卻要努力…………我不要這樣……
「嘖……」
一顆心冰冷到了極點，但由於有太陽照耀，身體卻在變熱。汗水往下流進眼睛。
……煩啊。就先摘下帽子，用手臂擦汗吧。
「……咦？」
就在這個時候。我正要重新戴好帽子的瞬間，發現了一樣奇妙的事物。
有字……上面寫著字。
我戴的帽子內側……寫著很醜的字。

「別忘了用防滑粉包啊！未來的大聯盟球員！」

——這頂帽子，灌注了全世界最希望大賀學長贏球的心意！

哈……哈哈哈…………是「他」。這麼醜的字，除了「他」以外不會有別人。

這就是灌注了全世界最希望我贏球的心意的帽子啊……

原來你都好好記住了啊。你記住了那個時候，我想陷害你的時候，跟你說出的真正心意，記住了去年我的後悔……

「我最後投的那一球控球有點差。『要是那時候我有好好用防滑粉包就好了』！」

你就算不說話，還是很吵啊……花灑！

這是哪門子的不幫我加油？明明就這麼實實在在地幫我加油了嘛！

……我聽見啦。你的聲音，我確實聽見了……

「呼……」

我輕輕戴上帽子，用了防滑粉包，放回原處。

……我決定了。就用「那種球路」。

這是我只在圖書室裡自豪地跟花灑提過一次的祕密兵器……不對，不是那麼了不起的玩意兒。

畢竟這是我一直害怕失敗而不敢動用的，未完成的半吊子球路。

——要不要緊啊？真的辦得到嗎？

我最討厭的「大賀」還是老樣子，在表示不安。

但我對這些已經完全不會在意了。

我對芝比了手勢，告知我要投的球的去向。

芝不知道我會這種球路。

可是，不要緊。他絕對會接到球，因為他是我最棒的搭檔。

信賴與努力。相信伙伴與自己先前的努力，不管什麼時候都不逃避，全力投球。

花灑……我要跟你借點力量啦。我們就讓特正也見識見識。

讓他見識只要我和你聯手，我們就所向無敵！

「…………喝呀啊啊啊啊！」

「——————！」

「一壘！補位！」

早在芝喊出這一聲之前，我已經自然而然地就像有人控制似的跑了過去。

我聽見的，是金屬球棒與球碰撞的聲響。可是，這種事不重要。

現在我該做的事情只有一件。

一壘手穴江接住往一二壘間飛去的球。

「傳二壘！」

「好！」

「出局！」

二壘傳來第一個喊出局的聲音。

其間我抵達一壘，踏穩壘包。

我一瞬間往旁一看，特正正以全速朝這邊猛衝過來。

「小桑！」

我聽見了喊聲。為了把球傳給我，手臂全力揮動。

「來吧！」

快點……快來！

……來了！接到了！

球收進我手套的同時，我踏著一壘壘包的右腳傳來一股震動。

這多半證明特正跑到了一壘。

好了……會如何——

「出局～～～！比賽結束！」

我尚未看清楚結果，一壘裁判的喊聲就迴盪在球場內。

同時一壘方向看台爆出了炸彈爆炸似的轟然歡呼。

……贏了……嗎？我們贏了對吧？

我們……贏了對吧！

「……好～～～～耶～～～～～！」

我不管什麼丟臉見笑，大聲呼喊。喊出心中的所有情緒。

「小桑～～～～！」

而隊友們聚集到我身邊，大家一起瘋狂簇擁我。

一看他們臉上，每個人都流著眼淚，露出滿臉笑容。

每個人的臉都很難看，一點都不帥氣，一張張臉擺出來都醜得很。

「我、我們成功啦～～……！各位，甲子園啊～～！恭……哇啊啊啊啊！」

不知不覺間，蒲公英也已經跑過來大哭。

「哈哈！蒲公英，妳可以這樣一臉怪樣在哭嗎？妳臉很難看耶。」

真是的，當初妳說要用感動的眼淚讓觀眾心動的發言跑哪去啦？

蒲公英打這些鬼主意，果然就是失敗了嘛！

「沒關係！沒關係！我就是想哭，所以才哭！大賀學長真的好厲害！大家好厲害！我們成功啦～～～～～！」

聽我這麼問起，蒲公英流著大滴眼淚，蹦蹦跳跳。

「小桑，是甲子園！真的……真的成功啦！我們成功啦！」

「芝！都多虧你那一分啊！你棒透啦！」

比任何人都先跑到我身邊的芝用力抱緊我。

我也差點忍不住眼淚奪眶而出，但用力忍了下來。我是「小桑」。

所以不會讓大家看到我的眼淚。「小桑」不就是個要笑著照亮大家的太陽嗎？

我帶著滿面的笑容抱住芝，對大家也露出笑容。

這是我身為「小桑」贏得這場比賽後該盡的義務。

……然後，比賽結束，西木蔦高中與唐菖蒲高中列隊面對面。

站在我正前方的是特正北風。

最後和我對決的最強打者。

「特正……晚點你有什麼事嗎？」

「不，沒有……」

這樣啊？我還以為你也被水管叫去，但原來沒有啊？

這肯定就是花灑與水管最大的差別吧……

水管相信自己；花灑相信別人。

我的好朋友是個笨蛋，動不動就相信人，然後被騙。

「倒是大賀……你最後那一球……」

特正似乎察覺到我被打出的最後一球有蹊蹺，掩不住震驚。

……我想也是。畢竟知道我會這種球路的人寥寥無幾。

知道的只有圖書室成員。因為我就只在和花灑和好，忙著籌備花舞展那段期間的某一天午休時間，提起一次這種球路。

「特正……你知道一九九六年九月十七日，洛磯隊對道奇隊，野茂在大聯盟第一次達成無安打無跑壘比賽時，最後投的一球是什麼球嗎？」

「不、不知道……」

「是嗎……那我就告訴你。」

那就是我投的球的真面目。

不是只會一招直球拚到底，而是佯裝要投直球讓對方揮棒落空的球。

一種真真假假，就像是我拿手好戲的球。

不過到頭來終究只是尚未練好的球路，所以沒能拿下三振。

那就是……

「是指叉球。」

我這麼告訴他，打過比賽結束的招呼後，就和蒲公英趕著離開了投手丘。

我們的比賽結束

唐菖蒲高中那些人已經不在這裡。

水管和我對決失敗之後，搖搖晃晃地被 Cherry 和月見帶走了。水管再也不能接近 Pansy 和她的朋友，也不能跟他們說話。

規則就是這樣。

他可以違約，但憑他的個性，我相信他不會這麼做吧。

然後留在原地的只剩 Pansy、Cosmos、葵花、翌檜，以及來幫我的山茶花。

好了，也差不多是時候了吧……

「好了，花灑！接下來才是重頭戲！」

代表眾人說出這句話的是翌檜。

她一頭馬尾甩得蹦蹦跳跳，滿面笑容看著我。

「嘻嘻！花灑，告訴我！告訴我你的心意！」

接著葵花抱住我的手臂，用撒嬌似的語氣說話。

「等、等等，葵花同學！妳這樣太詐……咳！現在還不是時候吧？」

Cosmos 清了清嗓子，視線左右飄移，生澀地擠出這幾句話。

她連連翻著筆記本，顯得十分浮躁。

「欸，這是怎麼回事？你還沒忙完喔？」

對喔，我都忘了山茶花不知道事情的來龍去脈啊。

而且我根本就沒說……因為要是說了，總覺得她會生氣——

「我們喜歡花灑同學，所以對他表白了。然後，我們要他做出回答。」

等等，Pansy！不要那麼乾脆地說出……

「啥？啥啊啊啊啊啊！這、這是怎樣！我怎麼都沒聽說！」

看吧！果然生氣了嘛！虧我就是想到會這樣才保密的！

「嗚～～～！虧、虧我也難得……算了，我不管了！隨你高興吧！」

我還以為她會在憤怒的驅使下極盡施暴之能事，沒想到卻用力抓住自己的制服衣襬，淚眼汪汪地瞪著我，沒有要離開的跡象。

如果可以，我是希望能在除了當事人以外沒有其他人在的地方進行，但Pansy她們……啊～～看來她們根本不放在心上啊。

反而一副「趕快說出來」的表情一直看著我。

唉……那麼，看來是非得在這裡說出來不可了啊……

「Pansy、Cosmos學姊、葵花、翌檜……那個，謝謝妳們告訴我妳們的心意。所以，我也會好好說出我的心意。」

我吞口水潤了潤乾渴的喉嚨，然後出聲說話。

「葵花，不好意思，妳離遠一點。」

「嗯、嗯……我知道了……」

葵花乖乖聽我的吩咐，放開了我的手臂。

接著微微往後退，Pansy、Cosmos、葵花、翌檜這四個人也就自然在球場通道上橫向排成一列。

因此，這次換我踏上一步。為了說出自己的心意，走到女生們身前。

我已經有了結論。

我早已決定無論我和水管誰輸誰贏，都要這麼做。

我一直盼望能過如花似錦的高中生活，現在就去實現這個夢想吧。

所以……

「三色院菫子，我喜歡妳。我想跟妳當男女朋友。」

「…………！」

我這麼一說，眼前露出真面目的 Pansy 就臉頰飛紅。

我心臟怦怦跳得太大聲，連自己一句話是否有好好說出來都沒把握。

「花灑同學，謝謝你……我會一直待在你身邊……我最喜歡你了。」

她用不同於往常的優美姿態微笑的模樣，宛如勝利的女神。
柔軟的嘴脣奏出的嗓音是那麼令人心曠神怡，一瞬間就消除了先前這場大戰造成的疲勞。
「啊嗚……」
「沒、沒辦法……對吧……」
「是、是嗎……」
接著學生會長、我的兒時玩伴以及校刊社的女生，表情都轉為黯淡。
的確啊，畢竟我還沒好好說完我的心意嘛。
既然這樣，就趕快說出來吧。
「那、那個……」
勝利的女神Pansy，看妳難得畏畏縮縮，也許妳是有話要說，但妳先等一下。
因為我還有別的事情要做。
「花灑同學，我、我要和你——」
「秋野櫻學姊，我喜歡妳！所以，請妳當我的女人！」
「「「……啥？」」」「咦啊！」

好耶～～！我又朝夢想靠近一步了！

嗯？怎麼她們四個都呆愣地發出疑問聲？然而其中只有 Cosmos 發出有點有趣的聲音，令人印象深刻。哈哈哈，別那麼害羞！

對了，我說錯什麼話了嗎？

算了，沒關係啦！那就繼續繼續～～！

「日向葵，我想和妳當男女朋友。所以，當我的女朋友。」

「唔咦！」

「羽立檜菜，請妳永永遠遠陪在我身邊……以女朋友的身分。」

「喔咦！」

接在後面的葵花和翌檜也都滿臉通紅，一臉錯亂。

受不了，這表示妳們聽到心愛的我對妳們表白，高興得不得了是嗎？真傷腦筋啊。

「花灑同學，這是怎麼回事呢？」

唔？怎麼 Pansy 身上散發出凍氣與鬥氣來了？

妳就這麼想快點跟我打情罵俏？妳這個貪色鬼！

「咦？妳們不是全都喜歡我嗎？」

真是的，妳們在說什麼鬼話啊？我剛才不是說了嗎？

「我要去實現夢想」！

這個夢想就是……想也知道，當然是今天早上作的夢（聖母除外）啊！

而且 Pansy 對於我的告白，說出的回答也跟夢裡一模一樣！那就是正夢！

「我說啊，既然這樣，妳們就全部一起和我交往吧。妳們想想，這樣就不會有人受傷了吧？」

我喜歡妳們大家，所以為了讓妳們都幸福，我不可能選其他選擇。

相信我的心意大家一定會懂的。雖然不知道為什麼，但我就是有這種把握。

「花灑同學，你到底在想什麼啊？」

「花灑，你解釋清楚！這是怎麼回事？」

「咱也希望你解釋清楚哩！莫名其妙！」

「呃，就是說啊……只要妳們全都跟我交往不就好了？畢竟我們都是兩情相悅。」

追根究柢來說，我上次不就已經確實說過我要怎麼做了嗎？

所以……麻煩好～～好回想一下上次的我！

那次我被 Pansy 拒絕，消沉到了極點，然後在小椿的店裡得到忠告而復活。

在那之後，過去的我對我說了這麼一句話。

「你在做什麼傻事？這說不定只是你誤會了吧？現在馬上停下來！」

而大家還記得現在的我是怎麼回答這句話的嗎？

為了已經不記得的人，我就再說一次吧！

我是這麼說的！

「看來我已經變奢侈了，沒辦法再滿足於以前的理想了。」

沒錯，我就是變奢侈了！

以前我還在當遲鈍純情ＢＯＹ的時候，就一直夢想要和葵花、Cosmos 過著令人開心又害羞的校園生活！

但是，現在的我已經完全無法滿足於這點程度了！

既然要搞……………就要搞出更厲害的後宮。我就是長進到有了這種全新的決心！

而在這個時候，有足足四個美少女來找我表白，想也知道我當然會上鉤吧？

「這……是為什麼呢？」

嗯？我怎麼覺得 Cosmos 變成了久違的 Dark Cosmos？

這女的真讓人傷腦筋啊。我的確聽說過有些女生一有男朋友就會本性畢露，看來是真的啊。看樣子，以後可得糾正她才行。

「Cosmos 會長，妳想說的話我都明白。」

真是的，別那麼猴急。妳擔心的事情我都明白的。

「是、是嗎……既然這樣……」

「的確，考慮到日本的法律，我沒有辦法和多名女性結婚。可是，請大家放心！因為法律並沒有禁止高中男生和多名高中女生當男女朋友！」

「…………」

不用擔心！最近就有個日本人轉生到異世界，在那個世界允許多重婚姻，然後就過起了後宮生活，而且連有名的織田信長也有很多妻妾！

也就是說，不管用異世界的角度還是用信長的角度去想！怎麼想都可以安全上壘！

「花～～灑～～……你在說什麼鬼話？我現在可是生氣得很耶。」

哎呀，接著換黑葵花來啦？

看樣子她相當生氣啊……可是，這不成問題。

「葵花，別擔心！我有個好主意！」

葵花生氣的點，我這個被愛的男人也都掌握得很清楚。

不就是那麼回事嗎？就是用輪替之類的方法時要讓誰最優先，就是這麼回事吧？

可～～是呢！我怎麼可能沒想到這點！

還請大家也回想一下！回想我今天早上那個夢的內容！

那就是我的最終回答！

「星期一是 Cosmos 會長，星期二是葵花，星期三是翌檜，星期四是 Pansy。這樣大家就平等了，沒錯吧？一點也不奇怪吧？」

當然連日子的分配也要照夢裡的規畫才行啊！

Pansy 在夢裡沒決定，所以就麻煩妳占星期四的缺了～～！

「哪裡平等哩！明明什麼也沒平等！」

津輕的精靈啊，妳先冷靜點。妳的心情我也非常了解。

「的確，星期五空著的這一點，我也認為是個問題。」

如果可以，我是希望讓 Cherry 或月見來補星期五的缺，但她們滿腦子都只有水管。

就算我再怎麼有本事，也沒厲害到可以在贏過他之餘，還把她們兩個攻略下來。

唔……真為自己的無力覺得沒出息……

可是不用擔心！我早就想到會有這種事，所以事先準備好了用來填補星期五空缺的女生！

「做、做什麼啦！你幹嘛看我！」

我們眼神一交會，山茶花就整個慌了手腳。

她是在慌什麼？

算了，沒關係。總之，可得把占星期五空缺的女生人選告訴她們才行啊。

「星期五……有小椿在，所以不要緊！」

畢竟她說欠我恩情嘛！只要去拜託，她應該會答應吧！簡單簡單！

這樣就萬事都解決了！好，那麼我上次沒能說完的話，現在就讓我好好說完吧！

「本大爺喜歡的就是妳們幾個。」

搞定啦！這是多麼完美的一句話！

一路走到這裡……真的好漫長。

有時候要當女生的戀愛軍師，有時候被罵成三劈變態，有時候打工搞得七葷八素，有時候去幫冒牌偶像跑腿，有時候還得和新的遲鈍純情BOY對抗。

可是，如果我克服了這一切之後抵達的地方就是這裡，那麼這些辛苦也都值得了！

真虧我能承受這些痛苦而奮鬥！好感動！恭喜！

而且這幾個女的根本就不懂我還有諸多不足為外人道的辛酸！

有膽子就讓我現在跟她們其中一個交往看看！那就真的會弄成【完】啊！

光是上一集的結尾，就已經提供給各位讀者「下一集就要結束了嗎？」或是「好像要收了」等等許多不必要的誤會啊！

我還要繼續出第六、第七，把數字延續下去！我也得顧及某些不足為外人道的苦衷啊！

但我又不希望因此不能和任何人打情罵俏，所以我要跟大家都打情罵俏！

「去……去……」

哎呀呀？雖然我完全不明白理由，山茶花的身體不斷在發抖耶。

該不會是夏季感冒？畢竟這個時節，有時候會突然變熱啊。

真拿她沒辦法啊～

這種時候，就由享盡後宮天才美譽的我溫柔地擔心她一下吧！

「山茶花，妳還好——」

「去死啦～～～～～！」

「嗚哇啦吧！」

為……為什麼我會受到這種待遇！為什麼我這個天才會這樣～～！

為什麼我就得挨這世紀末霸者毫不留情的北斗殘悔積步拳……

「爛、爛透了！你真的是垃圾！人渣！你沒有資格活過今天！」

「啊呸嘶！」

等等！我都已經被撂倒，不要還朝我的臉補上一腳！

會死！真的會死人！

「……哼！就這樣！那我走啦！」

我從以前就一再強調，暴力系女主角不會流行，為什麼妳就是不懂？

好、好過分……不過，沒關係啦！我要讓我心愛的她們來撫慰我！

「花灑同學……」

喔喔，Pansy……現在的妳，應該會溫柔地撫慰我吧？

因為妳心愛的男生被打得這樣遍體鱗傷……

「我可以要你變成前前前世的水蚤，去讓隕石磨個稀爛嗎？」

原來我的前前前世是水蚤啊……

「花灑笨蛋！超級笨蛋！我不管你了！」

「啊啪！」

葵、葵花，這個時候打耳光也太過分了吧！真的，饒了我吧！

「花灑同學，我已經不只是生氣，不只是傻眼，只覺得想吐了……」

Cosmos，現在不正是發揮年長者包容力的瞬間嗎？妳為什麼不好好發揮？

「給咱覺悟哩，花灑！為了處罰你，第二學期看咱怎麼寫你的五劈報導！」

哇～～我從上次的三劈進步到五劈啦～～……我可以哭嗎？

為什麼？我明明擬定了完美的計畫，為什麼就沒有一個人給我肯定？

「啊、啊嗚～～……等、等一下……」

「那我要回去了，你就在這裡慢慢磨蹭吧，工業廢料同學。」

「Pansy，我們走！花灑大白痴！」

「那我失陪了。花灑同學，你好好讓自己的腦袋冷靜一下吧。」

「爛透了！花灑是用人渣和下流雜碎壓縮成的史上最惡劣的女人天敵！」

之後我雖然拚命挽留，但沒有一個人留下，全都離開了。

真沒想到我華麗的後宮生活還沒開始，比賽卻已經宣告結束……

這個狀況，和以前我在 Cosmos 她們面前露出本性，卻被 Pansy 揭穿我圖謀的那次很像啊……不過那個時候我還被扔到廁所，所以大概算是比那次好吧。

所以，這次就別計較了…………哪有可能不計較啦！

該死！該死！為什麼會變成這樣？

我這次可是有夠拚命的，多給我一點獎勵有什麼關係！

為什麼每次每次，事情就是不會照我的意思發展？

……我學到教訓了……這次的事情讓我切身體認到了！

我最討厭愛情喜劇了！

＊

後來，我遵守當初的約定，前往小椿位於北出口的攤位。

我全身痛得不得了，又是刺痛又是抽痛，感覺全身都在跳森巴舞。

「唉……你真是個白痴呢。」

我把之後發生的事情告訴小椿，她就嘆了一口氣，罵了一句話。

連應該對我最好的女生都這樣，讓我的悲哀達到ＭＡＸ。

「少囉唆……我當時就是以為行得通嘛……痛！」

「女生就是想變成心上人眼裡唯一特別的對象呢。可是你卻要大家一起來，這世上哪會有這麼好打發的女生？」

「可、可是，也有國家允許多重婚……」

「這是兩回事。我們和這種國家在文化上就不一樣，拿出來比較根本就錯了。」

「嗯唔！」

我被反駁得無話可說……小椿雖然對我好，同時卻也很嚴格。

「而且暑假你要怎麼辦？我可是很期待耶。」

「這不用擔心。雖然我被她們幾個嫌棄得很，但她們之間的交情沒有惡化。所以，妳們自己去玩個高興吧。」

「哦～～……是這麼回事啊……」

小椿一邊輕巧地把炸肉串塞進袋子，一邊淡淡地說下去。

「花灑，我認為你抱持著待在大家中心的覺悟來行動並不是壞事，但隱瞞自己的心意，我就不是很認同了。」

「……妳是指什麼？」

「你給 Pansy 的不是男朋友，而是朋友，不是嗎？不對，不只是 Pansy，還有 Cosmos 學姊和葵花……再加上翌檜也是呢。」

為什麼我身邊就是有這麼多棘手的女生呢……？

「就我看來，她們四個雖然和大家都處得好，但應該沒有感情非常好的朋友。這種情形

在葵花和 Cosmos 學姊身上尤其顯著。就好像評價好的店家呢。大家都說這家店受歡迎，所以吸引到很多人。不是靠味道，只靠說這家店受歡迎的傳聞。」

「…………」

「所以，你才會給了她們『真正的朋友』吧？然後你還想把我也拉進去。我看就是因為這樣，你才會徹底隱瞞自己的心意呢。」

「…………嘖！」

「……我希望你告訴我呢，花灑。告訴我你真正打的主意。」

好啦……唉……真是拗不過小椿啊……

「……葵花、Cosmos 會長，還有翌檜也一樣。雖然大家都和她們好好相處，但就是會對她們另眼相看。雖然像翌檜就反過來利用這個立場從事校刊社的活動啦……」

如果她們另有要好的朋友，應該就不會聚集到圖書室來了吧。

可是，自從我們大吵過一次並和好以來，每天都會到圖書室集合。

我的情形是因為跟 Pansy 有過約定，而且小桑也肯來，這些都是原因，但其他人就不一樣……她們沒有別的地方可去……

而 Pansy 上次來到我家，說起她國中時代的事情時，就曾這麼說過：

「我在學校沒有知心朋友，也沒辦法靜靜地獨自看我最愛看的書……」

她沒有一句話提到想有個男朋友。

她求的是「知心的朋友」。說起來就是……好朋友。

而葵花、Cosmos和翌檜對Pansy而言就是「知心的朋友」。

畢竟在知道水管變更處罰內容後，她們就在我的勝利尚未確定的狀況下表明了心意。

說即使無法再接觸到喜歡的男生，也要和朋友在一起。

這讓我好高興……讓我想好好保護她們這種關係……

那一瞬間，她們真的變成了所謂的好朋友。

可是，那是一種才剛完成的很脆弱的關係。

如果在這個節骨眼上，我和其中一個人交往，這種關係就很可能瓦解。

「所以你才想讓她們四個人培養感情？可是，這種想法難道不是出於你的自私？」

「小椿，妳覺得只有男女朋友的高中生活和只有朋友的高中生活，哪一種比較開心？」

「後者吧。只是人們往往會覺得重要的東西存在是理所當然的，意外地不容易發現那有多重要。」

「看吧？……差不多就是這麼回事。說我自私……也多少是有啦。」

「……所以，你認為要是你選擇了其中一個人，她們的這種關係就會瓦解？」

「妳答對了一半。」

「那剩下一半是？」

「『選擇』這個說法本來就錯了。我沒那麼高高在上。我能做的就只有表達，就只有對喜歡的女生表達我的『喜歡』，不是嗎？」

「所以你才對她們每個人都說喜歡？你那是真心話？」

「那還用說？她們每個都是好女人，不是嗎？」

「這我倒是不否認呢。」

我是真的非常喜歡她們四個。無論Pansy、葵花、Cosmos還是翌檜，都是格外漂亮的女生。不管和哪一個交往，她們都很有魅力。如果可以，我希望她們每一個人都能歡笑。

如果這是可以存檔再讀取重來的遊戲，我會多玩幾次，和各式各樣不同的女生交往……

這種下流的想法我也有，但不巧這是現實世界。

如果有人要我只能選一次，現在的我不會煩惱要選誰，會選所有人。

「那麼，最後我想問你一件事。」

「什麼事？」

「你有沒有特別喜歡哪個女生？」

「…………妳說呢？這我可不能告訴妳。」

「呿，花灑小氣鬼。」

「話說，我差不多得走啦。這些炸肉串，謝啦。呃……錢在這邊。」

「嗯，謝謝惠顧。可是花灑，你知道那個人會從哪裡來嗎？去年你不就錯過了嗎？」

小椿說得沒錯。去年我等得發慌，就是等不到我在等的人。

可是，今年不一樣。就今年而言，我有把握絕對見得到。

除了那裡，那個人不可能從別的地方出來。所以，我只要去那裡就行了。

「那還用說？畢竟……我們可是好朋友啊。」

「呵呵呵。花灑實在太喜歡那個人了呢。」

「我就說吧？畢竟他是我特別喜歡的一個男生。」

「這種玩笑你最好收斂點，不然又會被 Pansy 她們罵了。」

「嘿！沒錯啊。」

我最後對小椿一笑，兩隻手捧著滿滿的炸肉串離開了。

【我該說的話】

「呼……」

我幫完花灑他們的對決，回到更衣室後，靜靜呼出一口氣。

棒球隊隊員邀我一起回家，但我說我比賽太累，想休息一下再回去，獨自留了下來。

……其實這也是我的拿手好戲，真真假假的話啦。

我想休息一下是真的，但說比賽太累是騙人的。

坦白說，我是扮演「小桑」扮演得有點累了。

而且「大賀」雖然害怕，卻也拚命努力過了。

我想讓心靈好好休息一下。辛苦了……「小桑」、「大賀」。

……幸好贏了……

我在這個只剩自己孤身一人留下的空間裡鬆了一口氣。

如果可以，我希望有一個重要的人能陪在身邊……但這個要求應該太奢侈了。

贏了比賽，可以在甲子園出賽，這樣不就夠了嗎？

因為我辦到了一件事。因為我這輩子第一次成功實現了自己的願望。

……那麼，差不多該走了吧。

我揹起掛了道奇隊背號16號鑰匙圈的棒球袋，離開了更衣室。

北出口、南出口、西出口、東出口……離我家最近的是北出口，但我不從那裡出去。

因為說不定會有朋友在那裡等我。

我現在不想見任何人。

我在模糊的視野中一步一步穩穩踏著地面，朝出口前進。

然後，當我一打開門……

「嗨！怎麼這麼慢啊？」

那個人就雙手捧著滿滿的炸肉串站在那兒。

我不知道出了什麼事，只見他的制服髒兮兮的，臉也腫了起來。

「……你怎麼……會知道……我會從這裡出來？」

我不用平常開朗的口氣，而是用冰冷的拒絕口氣對他說話。

但聲音發不太出來。

我知道理由不只是因為比賽造成的疲勞。

「很簡單。你之前不就說過嗎？」

他以自信滿滿的態度對我這麼說。

噢，對喔。我都忘了，之前我的確說過那麼一次……

我真的是一再把事情搞砸。早知道就別說那種話了……

我的視野模糊，看不清楚表情，但相信他臉上一定滿是驕傲。

「不想被人看到自己哭的模樣時，就要走南出口，不是嗎？」

你說得對。

和 Pansy 的約定、地區大賽的決賽，這些全都解決之後就再也停不下來。

「既然這樣，你就不要特地跑來啊……既然知道我不想被任何人看到……」

我話都講不好。看不清楚正前方這個人的臉。

寧靜的球場外明明沒下雨，卻只聽見水珠一滴滴落地的聲響。

「這可辦不到。因為第一個幫你慶祝這件事，我可不打算讓給任何人。」

「……她們大家……怎麼了……？」

「我被甩了。」

少騙人了。想也知道是你又亂搞，惹她們生氣了吧？

因為你是個笨蛋。

因為你這個人……笨得會在這種時候以我這種傢伙為優先。

「是說，要哭還太早了吧？還只是打進甲子園而已耶。你的夢想是到大聯盟打球，留到那個時候再哭啦。」

「……嗚。你很囉唆耶……反正也只有你發現……」

「是嗎？那今天我就放過你吧……來，這些拿去吃吧。」

他說完就把雙手滿滿捧著的炸肉串塞到我正前方來。

你真的是個笨蛋。就算我再怎麼喜歡炸肉串，哪吃得了這麼多啊？

這個量，一個人吃實在太多。

「這是小椿的炸肉串。有夠好吃的啦。」

「…………」

我拿起一根炸肉串，送進嘴裡。一咬下去，滿嘴都是醬料和豬肉的滋味。

這是我這輩子吃過的炸肉串當中最好吃的。

「很好吃耶……」

「我就說吧？」

「我說啊……之前的約定，你還記得嗎？」

我吸了吸鼻涕，手臂用力擦拭眼睛，止住從眼睛溢出的淚水，問了這個問題。

「之前的約定？」

「……上次不是有過這回事嗎？是在小椿提出的比賽中，拿到『對你要殺要剮悉聽尊便』的權利。」

「噢，是有過這麼回事啊……」

模糊的視野中所看見的他以帶著點尷尬的表情搔著後腦杓。

你要毀約也沒關係啦。

因為約定這種東西，就是這麼回事……

「好啊。要怎樣你儘管開口。」

你給我乖乖抗拒一下好不好？要是我講出不得了的要求，你是打算怎麼辦啦？

也不想想前因後果，什麼都給我點頭。你果然是個笨得不得了的大笨蛋。

可是既然你答應，那我就要用了。

用這個只有我能用的……特權。

「這些炸肉串……我們一起吃吧。」

「……啥？這……這樣就好？呃，總有別的事情……」

「就是這樣才好……不行嗎？」

你想想，難道不是嗎？

對我來說，這些炸肉串是勝利的證明。而我在國小時學到，最重要的是「分享」。

所以我想和我最信任……最重要的好朋友……如月雨露，「分享」勝利。

「好啦。那我就吃了。」

不知道花灑是否體會到了我的心情，只見他拿起一根炸肉串吃了。

「好吃吧？」

「是啊。小椿的炸肉串真不是蓋的，有夠好吃啊！」

唉……其實我本來還想多休息一下，沒想到轉眼間又輪到他出場了。

來，該出場啦……「小桑」。

「既然好吃，就一起多吃點吧！話說，在這種地方站著吃也太累了！我們找個合適的地方吧！花灑，你看著，我就讓你見識見識我吃得多熱血！」

「喔，變回平常的你啦？那我們就換個地方吧。」

「就是啊！……好！就挑這裡吧！」

我和花灑來到離球場出口有一小段距離的一處樓梯，並肩坐下。

然後把花灑買來的炸肉串放到正中間。

「嘿嘿嘿！接下來要吃哪一串呢！就決定吃這帆立貝！……讚啦！」

「那我就吃這個茼蒿串……啊啊～～！茼蒿果然好吃！」

「笨蛋！茼蒿哪打得過帆立貝！」

「這是個人喜好問題！我就是喜歡茼蒿！」

「哈哈！是嗎！是嗎是嗎！」

我們一根接著一根吃掉炸肉串，把整袋都清空了。

喝了花灑連同炸肉串一起準備好的保特瓶裝水後，喉嚨和胸口格外清爽，有種得到解放的感覺。

「噗哈～～！有夠好吃的啦～～！我說花灑！我今天贏球啦！我們可以去甲子園啦！怎麼樣？厲害吧！」

「是啊，小桑好厲害！真不愧是我的好朋友！」

他若無其事說出的「小桑」這個字眼，讓我胸口滿是暖意。

「那還用說！」

「啊，還有，多虧你啦。小桑……謝謝你特地來幫我。而且你好像還拜託蒲公英很多事情，多謝啦！」

「嗯！不過，我還差得遠啦！告訴你，下次我至少也要收集到一千個啊！」

「這再怎麼說也太多……嗯唔！你幹嘛突然拍我啦！咳！咳！」

我實在太感動，於是在花灑背上拍了一記當作掩飾，結果這一拍似乎時機不巧，讓他咳了好一陣子。我根本就不怕會被他討厭。

因為他不是那種會為了這點小事就生氣的傢伙。

「……真是的，你也太興奮了啦……」

「因為我就是這種傢伙嘛！這是沒辦法的事！你死心吧！」

我說花灑……你應該知道吧？

無論葵花還是 Cosmos 學姊，一開始喜歡的都是我耶。

可是，當她們知道「大賀」，就拒絕了我。

我知道這是我的自私，而且我也無法回應她們的心意，但我還是覺得落寞。

因為我痛切體認到「大賀」又被拒絕了。

而且，後來的情形更是糟透了。

我陷害你的那起事件結束後，不管是Cosmos學姊還是葵花，都愈來愈被你吸引。我想說再這樣下去，她們兩個搞不好會……結果這個猜測完全正確。

花舞展，葵花的網球大賽當天。

Cosmos學姊和葵花對你的心意就已經定了。我馬上就看出來了。

無論葵花、Cosmos學姊、Pansy，還是「她」，最重要的是……連我自己，都拒絕了「大賀」。

為什麼就只有你，接納了這個不被任何人接納的「大賀」？

就算我以懦弱又沒出息的「大賀」出現，你也若無其事。

難得贏球，我著實希望能被漂亮的女生接納啊……

語言這種東西實在很不方便。

腦子裡明明已經整理好，卻多半找不到合適的話來描述。

可是，我實實在在找好了用來描述現在心意的話。

搞不好花灑以前也有過一樣的念頭啊……

但就算這樣，今天……就只有這次，我要說出這句話。

因為這是我該說的話……

「喜歡本大爺的竟然就你一個！」

「啥？你沒頭沒腦說什麼鬼話？」

「少囉唆！就是這麼回事，所以你別抱怨了！我們不是好朋友嗎？」

「嗯，是這樣沒錯啦……」

真的是喔，每個人都要花灑！一個個都給我選上花灑！

Pansy、「她」、葵花、Cosmos學姊、翌檜，而且最重要的是……連我自己也一樣！

「我說花灑！小椿的這些炸肉串是有夠好吃沒錯，可是我還是有一點想抱怨！」

「小桑的舌頭意外地細膩啊。所以，是怎麼啦？」

啊～～又來了！又跑出來了！虧我還想用「小桑」勉強壓住，但這大概壓抑不住吧。

我很清楚，我心中的「小桑」和「大賀」有著一樣的念頭。

「該怎麼說，這些炸肉串啊……」

…………謝啦，花灑。謝謝你跟我當好朋友……

「太鹹啦！」

NK

大爺我果然被牽著走

終章

回家路上，和小桑一起吃完炸肉串的我獨自搖搖晃晃地走在夜路上。

「嗚噗……坦白說，吃太多了……果然不該跟著小桑的步調吃啊……」

好、好想吐……

我看我今天一天就把一輩子份的炸肉串都吃完了吧？

再怎麼好吃的東西也得適可而止。這可上了寶貴的一課啊。

「唔嘻……唔嘻嘻嘻嘻嘻……」

哎呀，害我忍不住發出奇怪的笑聲了。

不過四周一個人都沒有，應該不成問題吧。

而且難得只有我一個人在，現在就讓我盡情抒發感情吧。

…………太棒啦～～～～～！小桑打進甲子園啦！

我的好朋友果然超厲害的啦！我看根本就有可能成真吧？搞不好不只職業球團會開始注意他，甚至還會去大聯盟吧！

啊，可是，如果他去了美國，見面機會就會變少，會很寂寞啊。

既然這樣，他打擊也很行，就讓他在投打兩方面都繼續發展，留在日本職業棒球界活躍吧！

哼哼哼……所謂大谷第二，指的就是我的好朋友啊！真讓人愈來愈有夢想啊！真的，我的未來明明一片黑暗，小桑的未來卻光明得不得了啊！

這種心情好的日子，就要用小跳步走路！

來！小跳步、小跳步，啦啦啦～～……

「你的事情辦完了嗎，花灑同學？」

「唔嗯！P、Pansy……」

「哎呀，何必因為見到我就發出那麼高興的聲音呢……」

可不可以請哪位來講解一下，我剛剛的反應到底哪裡有喜悅的成分了？

萬萬沒想到Pansy竟然會在我家門前等我……呃，不對！

連Cosmos、葵花和翌檜也在！

「妳們有什麼事？這、這個……」

怎麼辦？搞不好她們是覺得山茶花的鐵拳制裁還不夠，所以跑來想在精神上、身體上，都把我徹底破壞？

我已經夠慘了，實在是希望她們高抬貴手啊……

「我們有話要對你說，所以大家一起來你家門前等。」

有話想對我說是嗎？這是否表示，她們決定先從精神方面開始破壞？

我的精神強度根本是豆腐，還請小心輕放啊……

「你今天說的話讓我們非常生氣，不知道這點你懂不懂？」

「我、我當然懂！可、可是，我可不會撤回！」

不管被說得多難聽，遭到什麼樣的對待，我都不會改變主意！

我就是喜歡妳們大家，所以要跟妳們一起交往！完畢！

「我就知道。於是呢……」

咿～～……好可怕啊～～……

我到底會被怎樣？

啊嗚！怎麼葵花朝我靠得有夠近的！

是要由其中攻擊力最強的她來處決我嗎？

「告訴你，我們要放水流！」

果然是處罰套餐嘛……什麼？放水流？

呃，她在說什麼啊？該不會是指願意原諒我？

「放、放水流？妳、妳是指今天的事情？」

「才不是！花灑笨蛋！」

看來我猜錯了。

我一瞬間看見的未來光明，轉眼間就被黑暗淹沒。

「花灑同學，我們要去放水流的……是麵線。」

「什、什麼？」

呃，為什麼要特地去把麵線放水流？

我是在哪兒插了這樣的旗？

「唉……竟然不記得了，你的記憶力比雞還不如……」

才沒那麼糟。我有把握記憶至少可以維持十步左右。

「之前我們不是討論過暑假要做些什麼事情嗎？」

「暑假要做的事？」

這麼一說我才想起，之前我們大家在圖書室討論暑假的計畫時，因為我很想去海邊，就想設法讓大家聯想到水……結果討論成要吃流水麵！

而且還要在我的房間吃！

「看樣子你總算想起來啦。虧我還好好寫在筆記本裡，這麼期待這一天的來臨耶。」

Cosmos 自豪地翻開筆記本給我看。

上面寫著「在花灑同學的房間吃流水麵」。

「可、可是啊……那個……我……」

「我還以為這是照你的要求進行，是我弄錯了嗎，最喜歡朋友的花灑同學？」

「唔唔！」

她果然是超能力者啊……看樣子，我的盤算全都瞞不過她。

「所以，我們大家一起討論，做出了決定！決定暑假期間要盡情玩個夠！」

「是、是嗎……」

妳說暑假期間……那暑假過後到底會怎樣？

啊啊……暑假才剛開始，我卻已經對第二學期的來臨抗拒得不得了了……

「可是，我可不要一直這樣！」

「好、好啦！葵花……」

「嘻嘻嘻～～！我們約定好嘍！花灑！」

約定啊……這些傢伙一個個都給我用約定來束縛別人……

本來還以為總算逃開了一個棘手的問題，又有一個問題追了上來？

我的人生是不是被人下詛咒了？

「只是啊，我暑假的活動也塞得挺滿的……」

「這點你不用擔心！因為我趁你回家前擬好了排程表！來，你看一下這個！」

喔喔？排程表？呃，我看看……這什麼鬼啦～～～～！

「先前我統整了大家的要求，發現只要把你的睡眠時間削減到每天〇・五秒，就有望達成所有人的要求！」

我的未來完全無望……

久違的鬼婦課表，不容分說地壓到我頭上來了……

「看，一點問題也沒有吧？好了，說出你的回答吧！用『Yes』或『是的』回答！」

這不對勁吧？明明是選擇題，卻只有一個選項耶。

「……Ye的。」

「太好了！我一直相信你會答應！」

我好像也只能這麼回答就是了。

「太棒啦！花灑，我最喜歡你了！」

「唔喔！」

「等、等等，葵花同學！這、這樣太詐了啦！說好暑假期間不要這樣……」

「我一直都這樣啊！這是兩回事～～！嘻嘻嘻～～！」

葵花滿面笑容抱住我，把頭往我胸口用力磨蹭。

不愧是傻妞型騷貨！雖然未來是地獄，但現在我就盡情享受這天堂吧！

「嗚、嗚嗚……花灑同學，我告訴你，學生會的業務我也打算要你幫忙！我跟山田說可以見到你，山田就很期待呢！」

順便說一下，山田是會計。

不怎麼重要，就只這樣簡單介紹一下了。

山田同學，路人。完畢。

「花灑，我說啊，我家暑假要大掃除，你要來幫忙喔！」

對喔，不知道為什麼，葵花家在夏天還有年底都要大掃除……

「我打算要你當採訪的助手！就我們兩個！就只有我們兩個！」

翌檜，妳何必那麼強調就我們兩個……

「圖書室你可也別忘了來幫忙喔。畢竟關閉的決定還沒有完全撤回。要是你不在，我會非常傷腦筋。」

這、這幾個女的，連暑假期間也根本一點都不打算安分嘛！

「那麼，暑假的計畫也都說完了，我們這就回去了。」

剛才那句話到底是講來幹嘛的啦……

「好，知道了。」

「……夜路只有女生自己走，好不安喔。」

Pansy 以不帶感情的聲音淡淡地這麼說。

然而，她不是平常那種辮子眼鏡模樣，而是露出真面目。這樣一來，我就不可能違逆得了她。

「……我就好心送妳們到車站吧。」

「『好心送我們』？」

咿～～～！她的聲調變得有夠低的！好嚇人～～！

「請讓我送妳們一程！拜託！……這樣妳滿意了嗎？」

「是啊，我非常滿意了。能和喜歡的女生一起，相信你也很高興吧？」

這娘兒們！一知道我的心意，馬上就得寸進尺！

她說的倒也沒錯啦，可是啊……被這樣一說，我就有夠火大的！

這就是那回事啊，是在剝削我的喜歡。之前某個領月薪的專職主婦就說過這種話。

「那我就讓你送到車站。你要好好感謝我喔。」

啊啊～～我本來就已經夠累了，為什麼還非得走去車站不可……

是沒錯啦，我是認為能和這麼多美少女一起走去車站的確很幸福。

而我也的確有開心的心情。

然而，可是……

「我非常累了，所以幫我拿包包。」

「啊，對喔。我的包包也幫我拿。」

「我也要！」

「我的當然也要！」

這種待遇會不會太過分了點？

「開什麼玩笑！我幹嘛要這麼……唔唔！好、好啦！我拿，我拿總可以吧！」

而且為什麼連葵花也讓我拿包包，還跟著往車站去！

妳家明明就沒幾步遠，給我乖乖……想也知道不可能乖乖回去啊！該死！

「『我拿總可以』？」

「請讓我拿，求求妳們！」

坦白說，要奉陪這些女的任性到底，實在太累人了……

唉……虧我還以為總算順利撐過了第一學期，看來還有得辛苦啊。

到底要到什麼時候我才能得到安息？

……我知道這是奢侈的煩惱。

不過啊，這幾個女的可是想把我暑假的睡眠時間全部砍光，把我牢牢綁住耶。

打工、流水麵、海邊、夏季廟會……再加上學生會的業務、大掃除、校刊社採訪助手、幫忙圖書室業務……

妳們是要把我的時間表塞到多滿才滿意？

而且還讓我拿著四人份的包包，從這裡走到車站。

坦白說，這有點……不，根本是相當艱辛，隨隨便便都能搞出人命。

所以處在這種狀況下的我就是會忍不住這麼想。

想說……喜歡本大爺的竟然是妳們幾個……

後記

這次的後記中包含許多洩漏劇情的內容，所以還請尚未看完本書內容的讀者留意。這裡可是會狠狠把劇情都洩漏光的。

那麼廢話不多說，我們馬上開始吧。

就這樣，《喜歡本大爺的竟然就妳一個？第一學期篇》已經完結。

從確定要出系列作的階段，我就決定不管怎樣都要寫。

那就是無論男女都把所有能力值點到友情上的結局！這就是〈第一學期篇〉的骨幹。

為了避免誤會，請先讓我說個清楚，從一開始我就這麼打算。

本篇裡花灑同學說他是因為有不足為外人道的考量，才會所有人都選，但如果真的是觸發了那種不足為外人道的考量，應該根本沒空搞什麼第一學期完結。

我能夠寫完自己想寫的第一學期篇，全是靠以往給予本書支持與愛護的各位讀者。真的非常謝謝大家。

那麼，照上次後記中所說，這次我就針對第一學期篇談個痛快吧。

第一點，就是順利回收了書名（原書名）的伏筆！

呃，我補充說明一下，其實《喜歡本大爺的竟然就妳一個？》的原書名是《壞掉的花灑沒有用》。這個我回收得很不乾脆。

至於是在哪裡回收，還請各位讀者有時間的時候可以重看一下第五集。

就是在 Pansy 同學要對水管同學說出那番話的前面一點，有提到這件事。

另外，關於更改後的書名，我早就決定第一學期的結尾一定要請「他」來回收。至於今後嘛……相信三個月後的駱駝先生會努力的。

第二點，是有關第一學期篇的結局。

這完全是我的個人偏好——或說個人論調——的大爆發。我個人認為不懂得如何和同性相處的人，和異性相處也不會順利。

如果真有這樣的人還會順利，那麼相信這個人已經是相當高竿的情場高手了。

第三點，是幫第五集補充說明。

我透過花灑和「他」的發言，把到此為止該收的伏筆都收完了，但考慮到劇情需要，也有一些部分無法寫得明確，所以我就在這裡補充說明。

請各位讀者有時間再重看一下（電子書版本的頁數會隨使用機種為手機或個人電腦而有差異，所以在此是以紙本書籍的頁數為準，還請見諒）。

・吵那場大架時，兩人待在圖書室一事。

這點想來應該有讀者早已發現，是在第一集的第３０２頁。

・最後投出的祕密兵器（未完成）球路。

這要是有人記得，可就相當驚人，是在第二集的第２１８頁。

那麼，最後請讓我陳述謝辭。

第一學期篇就在本集完結，接下來預計會隔個暑假篇，然後進入第二學期篇。

本系列還不會結束……抱歉把話說得容易讓人混淆……

各位責任編輯，這次也讓各位在百忙之中長期陪我討論劇情，非常謝謝各位。最近刺針老弟都沒機會出場，讓我覺得很寂寞，下次打算讓牠好好活躍。

ブリキ老師，謝謝您繪製這次的封面，非常漂亮。

我想細心的讀者也許已經留意到，這次的封面不是箭頭指著花灑，而是指著「他」的版本。

如果各位讀者有空，還請看一下。為了避免誤會，還是先補充說明一下，這是第五集才有的情形。

各位同輩親戚，非常謝謝你們告訴我各種棒球知識。親戚當中有打過高中棒球的人，幫了我非常大的忙。今後還請繼續告訴我許多關於棒球的事。

啊，我等各位邀我吃飯。

只要有人找，我就馬上到！

這裡用的哏已經差不多要用完而拗得很辛苦的銀河旋風作者　駱駝

喜歡本大爺的竟然就妳一個？

國家圖書館出版品預行編目資料

喜歡本大爺的竟然就妳一個? / 駱駝作 ; 邱鍾仁
譯. -- 初版. -- 臺北市 : 臺灣角川, 2019.06-
冊 ; 公分
譯自 : 俺を好きなのはお前だけかよ
ISBN 978-957-564-986-9(第5冊 : 平裝). --
ISBN 978-957-564-987-6(第6冊 : 平裝)
861.57 108005631

喜歡本大爺的竟然就妳一個？5

（原著名：俺を好きなのはお前だけかよ 5）

2019年6月26日　初版第1刷發行
2019年11月8日　初版第2刷發行

作　　者：駱駝
插　　畫：ブリキ
日版設計：伸童舍
譯　　者：邱鍾仁

發 行 人：岩崎剛人
總 經 理：楊淑媄
資深總監：許嘉鴻
總 編 輯：蔡佩芬
編　　輯：孫千棻
美術設計：莊捷寧
印　　務：李明修（主任）、張加恩（主任）、張凱棋

發 行 所：台灣角川股份有限公司
地　　址：105台北市光復北路11巷44號5樓
電　　話：（02）2747-2433
傳　　真：（02）2747-2558
網　　址：http://www.kadokawa.com.tw
劃撥帳戶：台灣角川股份有限公司
劃撥帳號：19487412
法律顧問：有澤法律事務所
製　　版：尚騰印刷事業有限公司
ISBN：978-957-564-986-9